부끄러움의 시대

새소설

17

부끄러움의 시대

장은진
장편소설

자음과모음

차례

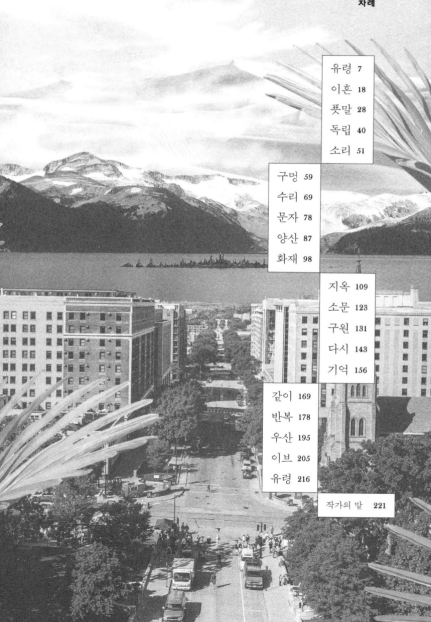

유령

나의 아버지는 유령이다. 죽었다는 뜻은 아니다. 언젠가 죽으면 틀림없이 유령이 되겠지만, 지금은 아니다.

아버지한테 "유령이 돼라"라고 한 사람은 호텔에서 청소 노동자로 사십 년 동안 근속한 J 씨였다. 그는 은퇴를 일주일 앞두고 막 입사한 스무 살 청년이었던 아버지에게 청소를 가르쳤다. 인수인계였으나 업무를 가르치는 데 일주일까지 필요하지는 않았다. 매뉴얼은 단순했다. 냄새가 안 나게 닦고, 눈에 안 보이게 얼룩을 문지르면 됐다. J 씨는 오염을 감쪽같이 제거하는 비법도 전수해주었다. 나름의 청소 노하우인 셈이었다. 반나절 만에 노하우 전수를 끝낸 J 씨는 호텔 청소 노동자에게는 능력 하나가 더 필요하다고 말했다. 어쩌면 그것은 청소보다도 중요하다고도.

"너는 유령이 돼야 해."

아버지는 고개를 살며시 들고 하얗게 센 J 씨의 머리를 쳐다봤다.

"그게 곧 너의 실력을 입증하는 거야. 존재를 증명하는 것이기도 하지."

아버지는 도대체 무슨 말인지 알 수 없었지만 곧 알게 되었다. 청소 노동자는 절대 고객의 눈에 띄어서도 고객과 마주쳐서도 안 된다는 것. 고객에게 청소하는 모습을 들켜서도 보여서도 안 된다는 것. 청소 노동자는 고객이 없는 틈에 얼른 청소를 끝내고 객실을 빠져나와야 했다. 유령처럼 안 보이게 움직이고 기민하게 행동해서. 청소 노동자가 눈에 띄면 호텔이 과거에 더러웠고 현재도 어딘가가 더럽다는 인상을 심어줄 수 있다. 호텔은 언제나 소리 소문 없이 깨끗해야 하는 곳이다. 그러기 위해서 청소 노동자가 기꺼이 유령이 되는 건 최상의 고객 서비스라고, J 씨는 설명했다.

J 씨는 인수인계 과정에서 눈을 맞추기는커녕 부끄러워 고개조차 제대로 들지 못하는 아버지를 보며 너야말로 이 일에 적임자라고 했다. 아버지도 같은 생각이었다. 자기만큼 이 일을 잘 해낼 사람은 어디에도 없을 거라고. 유령은

아버지가 전에도 늘 해오던 일이었다. 아버지는 그렇게 존재하지 않음으로써 존재하는 유령으로 호텔에 살았다.

일주일이 지나 J 씨의 근무 마지막 날이었다. J 씨는 아버지에게 '유령'이란 별명과 손때 묻은 청소 도구를 물려주고 호텔을 떠났다. J 씨가 챙겨간 것은 키티가 그려진 양치컵과 모가 심하게 눌린 칫솔이 전부였다. 청소부답게 자신의 청결과 위생에도 신경 썼다는 걸 상징하는 물건들이었다. 아버지는 호텔 밖까지 J 씨를 배웅했다. 유령이라 그런지 아버지 말고 J 씨를 바깥까지 배웅해준 직원은 아무도 없었다. 저무는 해를 등진 J 씨의 머리카락이 아버지 눈에는 하얗다 못해 투명하게 보였다. 마치 유령처럼. 은퇴하자마자 J 씨가 진짜 유령이 된 것 같았다. 아니, J 씨는 그때 비로소 진짜 유령이 될 준비에 들어간 것이다. J 씨는 사십 년 동안 유령으로 살았던 19층짜리 호텔을 한참 올려다봤다. 그러고는 예의를 갖춰 허리 숙여 인사하고 천천히 돌아섰다. 쓸쓸해 보였다고, 아버지가 말했다.

그날, 아버지는 J 씨를 자신의 꿈이자 아주 먼 미래라고 생각했다. 그러나 그 미래까지도 이제 이 년밖에 남지 않았다. 아버지가 은퇴를 두 해 앞두고 있으므로 J 씨는 진짜 유령이 됐을 것이다.

아버지에게는 J 씨 말고도 진짜 유령이 된 사람이 또 있다. 어머니. 어머니는 사 년 전에 돌아가셨다. 그 호텔에서.

호텔에서 유령으로 지내고 유령이라 불리는 아버지가 밖에서라고 다른 삶을 살았던 건 아니었다. '밖'은 청소부로 산 날들을 제외한 모든 시간을 말한다. 아버지는 숨을 쉬었지만 숨이 없는 것처럼 지냈고, 목소리를 가졌지만 목소리를 잃은 사람처럼 매일을 보냈으며, 다른 사람의 눈에 빤히 보였지만 안 보이길 바라며 얼굴을 감추고 살았다. 세상에 없는 사람처럼, 안 보이는 존재처럼 살게 된 것이 언제부터였는지 아버지 자신도 몰랐다. 그로 인해 상처받을 때마다 계기가 무엇인지 찾아보려고 애썼지만, 매번 실패했다. 아버지는 태생부터 그랬다고 생각해버리기로 했다. 계속 계기를 찾다 보면 누군가를 원망하고 미워할 일이 생길 것 같아서였다.

어릴 때 아버지한테 물은 적이 있다.

사는 게 불편하지 않아요?

아들인 내 눈조차 제대로 쳐다보지 못하는 아버지가 고개를 두 번 저었다. 아버지는 오히려 자신보다 타인의 불편을 걱정했다. 그때 나는 아버지의 삶의 태도를 '부끄러움'이라고 정의 내렸다. 아버지는 세상의 시선이 부끄러웠고, 세상에게 말을 걸기가 부끄러웠고, 세상에 다가가기가 부끄러웠다.

다른 사람의 불편은 걱정하지 마세요. 적어도 가족은 걱정 대상에서 빼도 돼요.

나는 그렇게 말해주었고 아버지는 땅바닥을 쳐다보며 수줍게 웃었다.

유령이 되라는 J 씨의 요구를 아버지는 불쾌하다거나 부당하다고 생각하지 않았다. 오히려 잘 해낼 수 있을 거라고 자신했다. 청소도, 유령으로 사는 일도. 나아가 J 씨처럼 장기근속을 꿈꿔볼 수도 있을 거라고. 아버지는 실력을 입증하기보다 존재를 증명하기 위해 유령 신분으로 열심히 얼룩을 지웠다. 아버지에게 호텔 청소부는 천직이었다. 비록 세상의 축소판인 호텔과 그곳을 드나드는 사람들은 아버지를 부끄러워했지만.

한때는 나도 그런 사람 중 하나였다. 초등학생 때 전학 간 학교에서 새로 사귄 친구들이 아버지의 직업을 물은 적이 있었다. 호텔에서 일한다고 한 나는 타이밍을 놓쳐 청소부란 말을 미처 하지 못했다. 그때 한 친구가 호텔리어야? 라고 되묻자 다른 아이들이 와, 하고 반짝이는 눈으로 나를 쳐다봤다. 반짝이는 눈 중에는 잘 보이고 싶었던 여자애도 있었다. 내가 청소부라고 하면 그 여자애의 보석

11

같은 눈빛이 단숨에 꺼져버릴까 봐 차마 말을 잇지 못했다. 아버지가 호텔에서 일한다는 것 자체는 맞는데도, 왠지 거짓말을 한 것 같았다. 들통이 날까 두려워서 교실에 들어갈 때마다 심장이 두근거렸다. 친구들이 집에 놀러 왔을 때는 쿠키를 먹다 체하기도 했다. 다행히 아버지는 부끄러웠는지 방에 숨어서 아이들이 돌아갈 때까지 한 발짝도 나오지 않았다. 그 덕에 나는 부끄러움을 속으로만 끝낼 수 있었다.

그런데 어느 날, 제일 친했던 친구가 진실을 알아버리고 학교에 소문을 냈다. 소문의 힘은 막강했고, 나는 그 애의 뺨을 때리고 절교한 후 외톨이의 길을 걸었다. 긴 시간 동안 그 길목을 스치듯 지나갔던 사람들도 아버지의 직업을 한 번씩 궁금해했다. 그때부터는 일부러 호텔을 빼고 청소부라고만 했다. 그러면 그들은 민망한 듯 고개를 끄덕이고 더는 내게 말을 걸지 않았다. 나도 그런 자들은 더 상대하지 않았다. 그 탓에 나의 길목은 서늘한 외로움을 지닌 채 줄곧 한 계절에 머물러 있지만, 살면서 내가 가장 잘한 일은 한때의 어리석은 부끄러움을 아버지에게 들키지 않은 것이다. 아버지는 무능하지 않다. 부끄러움의 양이 좀 과할 뿐, 불쌍하다 싶을 만큼 성실하기만 하다. 제일 중요한 사실은 아버지가 호텔 청소부이기에 지금의 내가 존재한다는 것이다.

이십 년 만의 폭염답게 푹푹 찌던 여름이 물러가고 쌀쌀한 가을이 찾아왔다. 북유럽에서 발생한 신종 전염병으로 전 세계가 봉쇄된 지 네 달째다. 하루에도 수만 명의 사람들이 진짜 유령이 되어 사라져간다. 다행히 우리나라는 체계적인 방역 시스템을 재빨리 구축해서 확진자와 사망자 수가 안정적으로 관리되고 있다. 사람들은 마스크를 백신으로 생각하고 벗지 않는다. 거리든 실내든 마스크를 쓰지 않은 사람은 어디에도 없다. 마스크를 쓰지 않는 건 옷을 벗고 다니는 거나 마찬가지다.

의무가 된 마스크 때문에 사람들은 얼굴의 절반을 잃어버렸다. 웃음도 울음도 분노도 절반만 보였다. 팬데믹으로 삶이 반토막 났으니 표정과 감정을 그만큼 상실하는 건 당연하다. 절반만 기뻐하고 절반만 슬퍼하고 절반만 분노해서, 웃어도 덜 기쁘고 울어도 덜 슬프고 분노해도 덜 화난 듯 보였다.

그러나 아버지는 지금 이 시대가 좋다고 미안한 목소리로 말했다. 마스크로 부끄러움을 가릴 수 있어서 좋고, 절반을 가리자 절반이라도 안 부끄러워져서 좋다고. 마스크를 쓴 아버지의 얼굴 절반은 보통 사람과 다를 바 없어서 마치 부끄러움을 모르는 사람 같았다. 부끄러움 많은 아버지를 위해 이 시대가 계속되길 바라야 할지, 무고한 죽음의 연쇄가 멈추도록 빨리 종식되길 빌어야 할지 잠시 고민되었다.

"이제 여름이 끝나서 마스크 쓰고 일하는 게 좀 편해질 거예요."

횡단보도 앞에 차를 멈추며 내가 말했다.

"난…… 안 불편했다."

"덥지도 않을 거고요."

"난…… 더운지도 몰랐다."

아버지의 마스크 속 표정이 어떤지 알 수 없었다. 그러나 짐작은 가능했다. 자동차 안에서는 마스크를 벗어도 되는데 아버지는 그러지 않았다.

갈수록 바이러스 전파 속도가 빨라져서 오늘부터 아버지를 내 차로 출퇴근시키기로 했다. 팬데믹이 끝나더라도 이 년 남은 퇴직 날까지 아버지와 함께 출퇴근을 할 생각이다. 한때의 어리석은 부끄러움에 대한 사죄로. 아버지는 한사코 마다했지만, 지하철이나 버스에서 부끄러워하지 않아도 돼서 편안해했다. 기저질환자인 아버지가 그렇게라도 바이러스와 접촉하는 일이 줄어서 내 마음도 편안했다. 평생을 접촉할 수 없는 유령으로 살아온 아버지이지만 바이러스는 다른 문제다. 그 또한 유령 같은 존재라 언제 어디서 나타날지 알 수 없으니까. 이래저래 아버지와 나 모두 편안한 출근길이 되었다.

아버지를 호텔에 데려다주고 삼십 분 거리에 있는 나의 가게로 갔다. 출입문이 파란 가게 앞 느티나무도 유난히 무더웠던 여름을 빨리 잊고 싶은지 단풍이 일찍 들고 있었다. 느티나무는 가게를 냈을 때 스승님이 개업 선물로 심어준 것이다. 하늘만 쳐다보지 말고 나무로도 계절을 보라며 준 선물이었다. 느티나무는 입양아 출신인 스승님이 한국과 관련된 것 중 유일하게 기억하고 있던 지물이었다. 벨기에로 떠나는 비행기를 기다리면서 들은, 느티나무 이파리를 무심하게 툭툭 건드리던 빗방울 소리. 그 소리는 우산 위에 떨어지는 빗소리와 같아서 비가 올 때마다 한국을 떠올리게 했다. 스승님은 그때의 느티나무와 비에 대한 기억이 없었다면 한국으로 돌아올 생각을 하지 않고 살았을 거라고 말했다. 느티나무는 스승님이 자신을 버린 한국을 용서하게 한 나무다.

스승님의 선물이 하나 더 있다. 바로 가게 이름인 '이솔우산'의 간판 디자인이다. 이솔우산의 '이솔'은 수공예 우산 장인인 스승님의 한국 이름이자, 스승님이 만든 우산

브랜드의 이름이다. '우산'은 세 가지 언어로 표기되어 있다. 우산. Umbrella. 雨傘. 우산의 'ㅅ'과 Umbrella의 'U', 雨傘의 '人'에는 이솔우산의 전통 우산 모양 로고가 들어가 있다. 유럽풍의 돌출형 간판에는 우산을 쓴 남녀의 모습이 그림자 형태로 음각되어 있다. 밤에 불을 켜면 우산 위로 그어진 빗금이 깜빡거려 비가 내리는 것처럼 보인다.

나에게 많은 걸 남겨준 스승님은 재작년 가을에 유령이 되었다. 아흔둘이었다. 스승님은 돌아가시기 십 년 전부터 숙원이었던 우산 박물관 건립에 매진했다. 사재를 털어 파주에 세운 박물관에는 스승님이 평생에 걸쳐 수집한 전 세계의 우산이 국가와 시대별로 전시되어 있다. 우산과 양산의 변천사도 볼 수 있고, 실물로 접하기 어려운 고대나 중세 시대 우산도 있다. 사료 연구를 통해 스승님이 직접 복원해낸 것들이다.

열쇠로 문을 열고 가게로 들어갔다. 문이 파란 내 가게는 네 평 규모지만 상품을 진열하기엔 결코 작지 않다. 가늘고 길쭉한 우산은 많은 공간을 차지하지 않기 때문이다. 물론 활짝 펼치면 이야기가 달라지지만. 가게 벽에 붙은 파란색 빗방울 모양 혹에는 장우산들이 비가 내리는 것처럼 세로로 걸려 있다. 모두 수공예 우산으로, 내가 만든 것이다. 나는 팔짱을 끼고 서서 알록달록한 빛깔로 내리는 우산 비를 바라보는 걸 좋아한다. 작업량이 많아서 장대비처럼 쏟아져도 좋고, 판매량이 많아서 가랑비처럼 내려도 좋다.

그보다 더 좋아하는 건 매장 왼편으로 난 문을 열고 들어가면 나오는 작업실이다. 나는 여기에서 우산을 만들고 고치는 일을 한다. 일이 많을 때는 야근하다 구석에 놓인 간이침대에서 잔다. 혼자 꾸려가는 가게라 집보다 작업실에서 생활하는 시간이 훨씬 많다. 작업실에 갇혀 지낼 때, 세상은 고요하고 평화로워진다.

작업대에 앉아 있으면 조그맣게 난 구름 모양 감시창으로 스승님의 느티나무가 맞바라보인다. 그리고 그 여자도 보인다. 긴 생머리에 트렌치코트 차림을 하고 포켓이 많이 달린 가방을 한쪽 어깨에 멘 여자. 며칠 전에도 가게 안을 기웃거리다 돌아가더니 오늘도 들어오지는 않고 밖에서 기웃대고만 있다. 우산이 급하게 필요한 것 같지는 않다. 당장 천둥번개가 요란하게 치고 소나기가 퍼붓는다면 들어오려나. 그러나 애석하게도 오늘은 더없이 맑고 청명하다. 나는 우산을 사지 않을 손님에게 신경을 끄고 작업 중이던 우산을 끌어당겼다. 일에 집중하다 살짝 고개를 들어 감시창을 다시 내다봤을 때, 여자는 보이지 않았다.

이혼

아버지와 함께 퇴근해 집으로 돌아왔다. 오늘도 게을러 빠진 누나는 아무것도 하지 않고 죽은 듯 침대에 엎어져 있다. 저렇게 살 바엔 차라리 죽어버리면 좋겠다고 생각하며 엉덩이를 걷어찼다. 진짜 죽었나. 꿈쩍을 하지 않아서 더 세게 걷어찼다. 그제야 누나가 아프다는 소리조차 게으르게 내며 돌아누웠다. 하루 종일 호텔에서 청소만 하다 온 아버지는 마스크도 벗지 않은 채 조용히 또 집 청소를 했다. 누나가 하게 내버려두라고 말려도 세탁기를 돌리고 설거지도 했다. 더러운 건 잠시도 두고 보지 못하는 직업병 탓이었다. 그저 손발이 닳도록 쓸고 닦으며 "노라가…… 아직은 힘드니까"란 말만 반복했다.

"저게 무슨 힘든 사람이에요. 팔자 좋게 놀고먹는 거지."

누나는 한 달 전에 이혼하고 갈 데가 없어서 다시 집으로 기어들어 왔다. 서른한 살 가을에 결혼해 서른네 살 가을에 돌싱이 됐으니 삼 년 만의 파국이었다. 누나는 이혼한 사람이 아니라 직업을 잃은 백수처럼 한가하고 게으른 태도로 한 달을 보냈다. 긴 무급휴가를 받은 사람 같기도 했다. 애초부터 '취집'이었으므로 직장을 잃었다는 표현이 더 어울릴지도 모르겠다. 누나가 이혼하리란 것은 본인만 모르고 모두가 예측하고 있어서 그리 놀라운 일은 아니었다. 누나는 뭐든 고민 없이 쉽게 결정하는 타입이라 결혼도 연애한 지 두 달 만에 해치워버렸다. 너무 서둘러서, 주변에서는 속도위반이라도 한 줄 알았다. 아마 이혼 도장도 고민 따위 하지 않고 귀찮다는 표정으로 찍었을 것이다.

누나는 어떤 일도 진득하게 해내지 못했다. 대학도 한 번에 졸업하지 못하고 휴학과 복학을 반복하다 간신히 마쳤다. 졸업 후에는 제대로 된 직장보다 맘에 안 들면 당장 때려치워도 무방한 알바 자리만 전전했다. 그렇게 사는 것도 지치자 결혼을 평생직장으로 삼겠다며 느닷없이 무말랭이처럼 생긴 남자를 집에 데려왔다. 결혼에도 이혼이란 끝장이 있다는 걸 몰랐는지, 결혼하면 떠오르는 숱한 우려를 본인만 무시한 결과인지는 알 수 없다. 어쩌면 누나는 이혼이란 해결법을 염두에 둬서, 결혼 또한 쉽게 결정할 수 있었던 건지도 모르겠다.

가끔 생각한다. 어머니가 살아 있었다면 누나가 현명하고 신중하게 결정을 내릴 수 있도록 이끌어주셨을까. 원래도 한심했던 누나가 더 한심해진 건 어머니가 돌아가신 후부터다. 어머니의 부재를 누나는 그런 식으로 표현한다. 한 사람의 사라짐은 다른 이의 삶을 어떻게든 변화시키거나 변형시킨다. 그래서 다들 죽음을 두려워하고 슬퍼한다.

"노라가…… 당분간은 계속 힘들 테니까"하며 청소를 마친 아버지는 저녁상을 차렸다. 누나는 밥상을 물리고 나서 늙은 아버지한테 커피까지 받아 마셨다. 누나가 닷새째 입고 있는 목 늘어난 티셔츠에는 김치찌개 국물과 블루베리 얼룩이 묻어 있었다. 칠칠맞게 누나는 밥을 먹을 때마다 음식물을 안 흘린 적이 없다. 옷에 안 흘리면 바닥에라도 꼭 흘렸다. 그걸 닦아내는 것도 아버지의 일이다. 나는 누나가 커피를 다 마실 때까지 잠자코 기다렸다 물었다.

"안 부끄러워?"

누나는 컵을 뒤집어서 떨어지는 커피 두 방울을 혀로 날름 받아먹으며 되물었다.

"뭐가?"

그러고는 티셔츠 어깨에 입을 쓱 닦았다.

"안 부끄럽냐고."

"이혼한 거? 그게 뭐가 부끄러워."

"누가 이혼이래?"

"그럼 뭐가."

누나는 컵을 밥상에 탁 내려놓으며 귀찮다는 목소리로 말했다.

"은퇴 앞둔 아버지도 있는데 팽팽 놀고먹는 거 안 부끄럽냐고."

"잠깐 쉬는 거잖아. 내가 평생 놀고먹을 것도 아니고."

누나가 듣기 싫다는 표정으로 미간을 찌푸렸다.

"한 달 동안 푹 쉬었으니까 내일부터 나와서 가게라도 봐. 내가 야근하는 날에는 아버지 퇴근도 대신 맡아서 해주고."

누나는 대답하지 않았다.

"최소한 밥값은 하고 살아야 할 거 아니야."

"밥값 얼마 줄 건데? 가게 봐주면."

"누나 하는 거 봐서."

무슨 꿍꿍이인지 누나는 한참을 말없이 눈알만 굴렸다.

"할 거야, 말 거야?"

"그러니까, 나보고 지금 네 밑으로 기어들어 가서 일하라는 거지?"

순간 기분이 상했다.

"그럼 다른 사람 밑으로 기어들어 가서 뼈 빠지게 일해 보든가."

내가 상을 들고 일어나려고 하자 누나가 마지못해 알았어, 라고 말하며 커피잔에 물을 따랐다. 결혼하고도 저런 태도를 고치지 않아서 이혼당한 게 아닐까. 나는 자리에 도로 앉으며 물었다.

"이혼한 건 안 부끄러워?"

"요즘 시대에 이혼이 무슨 흉이라고."

누나는 물을 단숨에 들이켜고 덧붙였다.

"오히려 대세야."

'대세'가 과연 이혼에 어울리는 단어인가.

"티브이에 나오는 연예인들만 봐도 죄 이혼남, 이혼녀뿐이고. 그 사람들만 따로 모아서 프로그램까지 만들 정도면 핫하단 거지."

"그냥 많은 걸 갖고 무슨 핫이야."

"나머지라고 이혼 안 할 것 같니? 요즘은 오히려 이혼해야 잘나가는 것 같더라고."

"그래서, 누나도 잘나가려고 이혼했어?"

"그럴지도. 아니, 이혼했으니까 잘나갈지도 모르지."

무슨 자신감일까.

"잘나가는 거 증명하고 싶으면 당장 일부터 시작해."

누나는 못 들은 척 말을 이어나갔다.

"이혼한 거나 다름없으면서 행복한 척 쇼윈도로 사는 부부가 얼마나 많은데. 그런 인간들에 비하면 이혼한 사람은 솔직한 거야."

대세니 핫이니 솔직이니, 누나는 계속 이상한 단어만 갖다 붙였다. 자기 위로로밖에는 들리지 않았다.

"헛소리 그만하고 얼른 상이나 치워."

누나는 소파로 올라가 다리 사이에 쿠션을 끼우고 벌렁 드러누웠다. 오늘의 결론. 이혼녀는 핑계도 참 많다.

부끄러워할 줄 모르는 누나처럼, 우리 남매는 아버지의 '부끄러움 유전자'를 물려받지 않았다. 아버지의 태생적 부끄러움을 유전적으로 묽게 희석해준 건 어머니다. 어머니는 아버지와 정반대 성격을 가진 당차고 활기찬 사람이었다. 불의를 보면 돌진하는 뜨거운 피가 몸속에 흘러서 정의롭다는 소리를 자주 듣고 살았다. 어머니의 최종 학력은 중졸이었다. 정확하게는 고등학교 2학년 중퇴였다. 국영수만 떠받드는 학교 수업에 염증을 느꼈던 어머니가 가장 좋아하는 과목은 체육이었다. 어머니는 달리기를 제일 잘했고, 윗몸일으키기도 전교 최고점을 기록했으며, 철봉에도 누구보다 오래 매달렸다. 그러나 아무도 어머니의 실력을 인정해주지 않았다. 칭찬도 해주지 않았다. 심지어 체육 교사마저 그런 어머니가 답답해 보였는지 어느 날 한숨을 쉬며 말했다.

"문희숙, 그렇게 땀나게 뛸 필요 없어. 체육은 국영수로 지친 몸과 마음을 잠시 내려놓으라고 있는 시간이야. 놀라고 배정한 과목이니까 죽자 살자 하지 말라고. 그러다 네 몸만 상해. 운동선수가 될 것도 아니잖아."

그렇다는 건 체육 교사도 가르치는 일이라기보다 노는 직업이란 뜻이었다.

실제로 어머니가 체육을 아무리 잘해도 어머니의 학업 성적은 올라가지 않았다. 체육 교사의 말이 맞았다. 체육은 인생에서 그리 중요한 과목이 아니었다. 국영수를 잘하는 애들이 체육을 못하는 이유도 거기에 있었다. 타고나기를 체력이 약하거나 운동신경이 부족해서가 아니었다. 그들은 잘 뛸 수 있는데도 체육 시간을 쉬는 용도로 쓰느라 열심히 뛰지 않았다. 반대로 체육을 잘하는 어머니가 제일 싫어하는 과목은 수학이었다.

어머니는 불공정하거나 불합리한 일에 맞닥뜨리면 피하지 않고 앞장서서 싸우는 사람이었다. 옳지 않다고 판단한 문제는 따져서 원칙대로 바로잡아야 직성이 풀렸다. 학생들은 자신들의 생각을 대변해주고 행동으로도 보여주는 어머니를 경애했다. 하지만 학교 입장에서 어머니는 눈엣가시처럼 거슬리고 성가신 존재였다. 수학 교사이자 어머니의 담임이었던 K 씨도 걸핏하면 학급 문제에 대한 자신의 지시를 걸고넘어지는 어머니를 못마땅하게 생각했다.

K 씨는 어머니를 영웅시하는 학생들 앞에서 어머니에게 망신을 주려고 수학 시간마다 칠판 앞으로 불러내 문제를 풀게 했다. 못 풀면 심한 모욕감을 주었다. 어머니는 살면서 부끄러움을 느낀 적이 딱 두 번 있었는데, 그때가 첫 번째였다. 문제를 못 풀면 K 씨는 다음 시간에도 시켰고, 그다음 시간에도 불러냈다. 어느 순간부터 어머니는 충분히 풀 수 있는 문제인데도 일부러 못 푼 척했다.

"천하의 잘난 문희숙이 어디 갔나. 어디를 갔길래 이런 쉬운 문제 하나 못 풀어서 쩔쩔매실까?"

K 씨는 비아냥대며 삼각자 모서리로 어머니의 어깨를 쿡쿡 찔러댔다. 어머니도 더는 참지 못했다. 두 동강 날 정도로 분필을 세게 집어 던지며 외쳤다.

"이깟 문제 못 풀어도 먹고사는 데 아무 문제없어요!"

그러면서 K 씨를 쏘아봤다.

"그래? 수학 못하는 문희숙이 앞으로 뭐 해서 먹고사는

지 끝까지 지켜보마. 너희도 친구로서 문희숙의 인생을 똑똑히 지켜봐줘야 한다. 다들 알았지?"

어머니는 분필 가루가 하얗게 묻은 손으로 교복 옆단을 움켜쥐고 담임을 향해 소리쳤다.

"천하의 개새끼!"

그러고는 가방도 챙기지 않고 차분한 발걸음으로 교실을 나가버렸다. 어머니는 그 길로 학교를 관뒀고, 바로 퇴학 처리가 되었다. 어머니가 K 씨한테 "천하의 개새끼"라고 욕했을 때 같은 반 학생들은 소리 없는 환호성을 질렀다. 어머니의 모교에서는 아직도 그 일화가 전설처럼 내려오고 있고, 후배들 사이에서 어머니는 쓸모없는 수학을 배우지 않겠다며 고등학교를 때려치운 전사로 불리며 추앙받고 있다.

학교를 관둔 후, 어머니는 학교에 다니지 않아도 공부를 할 수 있는 방법이 널렸다는 걸 알았다. 어머니는 도서관에서 책을 몽땅 빌려서 읽었다. 자신한테 필요 없는 수학 따위가 아니라 알고 싶은 이야기가 담긴 책만 골라서 읽었다. 친구들이 등수를 정하기 위해 모의고사를 치르고 야간 자율학습을 할 동안 어머니는 그들이 모르는 프루스트와 카뮈와 피츠제럴드를 읽었다. 하고 싶은 것만 하고 살자 밥맛이 날로 좋아졌다. 물론 운동도 소홀히 하지 않아서 체력도 튼튼해졌다. 어머니는 마라톤 선수처럼 뛰어서 매일 그 먼 도서관을 오갔다. 비록 외톨이였지만, 그때의 이 년 가까운 시간이 어머니 인생에서는 가장 행복했다.

풋말

    Y시의 한 종교시설에서 백 명이 넘는 신도가 방역 수칙을 어기고 모임을 가졌다. 감염자가 속출하자 집중적으로 관리되던 확진자 동선은 전국 각지로 흩어지고 말았다. 전염병은 고리 하나가 끊기면 그동안의 수고와 시스템이 한순간에 무력해진다. 온 국민의 노력과 희생을 허무하게 만들어버린 특정 종교를 향한 분노와 혐오가 전국에서 끓어올랐다. 긴장한 방역 당국은 쌀쌀해진 날씨 때문에 바이러스 전파 속도가 빨라질 걸 우려해 속보를 긴급하게 내보냈다. 재난문자는 쉬지 않고 경고음을 울리며 확진자 동선을 상세히 알려주었다. 그중 세 명이 우리 동네에 살고 있었다. 두 사람은 내가 자주 가는 마트에 들르기까지 했다.

28

누나가 가게를 보다 말고 다리가 아프다며 작업실로 뛰어 들어와 간이침대에 벌렁 드러누웠다.

"날씨가 며칠째 건조한데 손님이 있겠어? 햇볕이 쨍쨍하면 적자를 보는 장사라니."

누나는 늘어지게 하품을 하며 자신의 게으름을 변호하듯 말했다.

오후가 훨씬 지났지만 오늘 팔린 우산은 달랑 한 개였다. 진열된 상품 중 가장 저렴한 우산이었다. 나는 만들고 있던 우산을 내려놓고 가게 밖으로 나가 느티나무 둥치에 등을 기대고 섰다. 나뭇잎이 바람에 흔들리자 시원한 파도 소리가 났다. 무더웠던 지난여름, 나는 출근하면 가게 앞에 물을 뿌리는 일로 하루를 시작했다. 물을 뿌리면 비가 온다는 속설 때문은 아니었다. 바닥이 얼마나 뜨거운지 물자국은 금세 사라져버렸다. 그것은 마치 검은 그림자가 창백해지며 공중으로 증발하는 것처럼 보였다.

나는 많은 걸 스승님한테 배웠다. 스승님은 우산 제작 기술뿐만 아니라 우산을 대하는 자세도 가르쳐주었다. 그것은 인생을 대하는 자세이기도 했다. 명품은 날씨와 계절을 따르지 않지만, 우산은 날씨와 계절을 무시할 수 없는 물건이다. 가끔은 날씨 핑계를 대지 않을 수 없는 날도 찾아온다. 그러나 스승님은 우산이 팔리지 않는 걸 누나처럼 날씨 탓으로 돌리거나 날씨가 적자(赤字)를 준다고 생각하지 말라고 했다. 훌륭한 우산은 날씨와 상관없이 언제고 알아보게 되어 있다며 품질 좋고 아름다운 우산을 만드는 데 생각과 말을 쓰라고 했다.

내리쬐는 햇빛을 두려워하지 않고, 비가 오기를 기다리지도 않는다.

나는 스승님이 남긴 명언을 속으로 중얼거렸다. 힘들 때마다 주문처럼 되뇌게 되는, 내가 가장 좋아하는 스승님의 문장. 스승님이 세상을 향해 던진 선언문이자 우산을 대하는 스승님의 자세를 압축적으로 보여주는 문장이다.

열두 살에 벨기에 우산 마이스터로부터 도제 교육을 받은 스승님은 평생 그 길을 걸었다. 한국에서 들은, 느티나무 이파리로 떨어지는 빗소리가 스승님을 그 길로 인도했으니 결국 고국이 스승님의 운명을 결정지은 셈이다. 성인이 된 스승님은 우산을 만들면서 틈틈이 한국어 공부를 했다. 언젠가 꼭 한국으로 돌아가 자신의 이름을 딴 이솔 우산을 브랜드화하고 싶어서였다. 한국인에게 자신이 연마한 기술을 전수하는 것도 스승님의 꿈 중 하나였다.

생의 마지막 순간, 스승님은 고국에서 눈감을 수 있어서 다행이라는 유언을 남겼다. 우산 장인 아니랄까 봐 삼일장을 지내는 내내 비가 내렸다. 우중 장례식은 슬펐지만 운치 있었다. 관이 땅에 묻히던 날에는 조문객들이 쓰고 온 스승님의 우산이 장지를 뒤덮었다. 그날의 알록달록한 우산들이 꼭 꽃 같았기에, 스승님이 떠난 계절이 봄이었다고 요즘도 착각하곤 한다.

느티나무 아래에서 심호흡을 하고 눈을 떴다. 그런데 지난번에 찾아왔던 여자가 또 가게를 기웃대고 있었다. 기웃대는 이유가 우산 때문인지 누군가를 찾으러 온 것인지 알 수 없었다. 여자는 키가 큰데도 담장 너머를 훔쳐보듯 뒤꿈치를 들었다가 내렸다. 그러다 결심이 섰는지 출입문 쪽으로 몇 걸음 뗐으나 이내 또 멈칫했다. 결정을 영 못 하는 사람 같았다. 아니면 물건 살 때 점원이 따라다니며 쇼핑을 방해하는 걸 싫어하는 타입이거나. 공교롭게도 여자가 방문할 때마다 쇼핑 중인 손님이 없어서 우리 가게의 접객 스타일을 알 수 없었을 것이다. 그런 유형이라면 애초에 인터넷쇼핑을 할 텐데, 이솔우산은 온라인 판매를 하지 않는다. 어쩌면 막상 우산 한 자루에 이십만 원 이상을 지출하려니 망설여진 것일 수도 있다. 가게는 살 마음을 굳혔을 때 들어가는 곳이라고 생각하는 사람일 수도 있고, 어떤 물건을 사든 신중을 기하는 소심하고 피곤한 성격 탓에 저러는지도 모른다. 어쨌든 방문이 세 번째라는 건 가게에 들어가려는 목적이나 이유가 분명 있다는 것이다.

"이봐요."

여자가 화들짝 놀라 뒤돌아봤다. 이마 한쪽을 가리고 있던 웨이브 진 앞머리가 가을바람에 들썩이자 두 눈이 보였다. 놀란 눈동자는 우수에 젖어 있었다. 왠지 가을에 태어났거나 가을에 얽힌 어떤 이야기를 간직하고 있을 것 같은 분위기였다. 마스크를 쓰고 있는데도 여자의 표정과 감정이 온전한 형태로 보이고 느껴졌다.

"무슨 볼일이시죠?"

나는 다소 상냥하지 않은 목소리로 물었다.

"아, 네, 그러니까……."

주저하던 여자는 코트 주머니에서 휴대폰을 꺼내 한참 동안 만지작거렸다. 갑자기 불어온 찬바람에 나는 어깨를 움츠리며 옷깃을 여몄다.

"이 가게에서 일하는 분이세요?"

여자가 휴대폰에 시선을 고정한 채 물었다. 그렇다고 하자 여자는 머뭇머뭇 휴대폰을 내밀어 사진 한 장을 보여주었다. 진한 민트색 우산이었다. 누군가가 들고 있었지만 우산 부분만 확대해서 사람은 보이지 않았다.

"이 우산, 여기 거 맞죠?"

나는 자세히 살필 필요도 없다는 듯 곧바로 네, 라고 대

32

답했다. 내가 만든 우산은 백 미터 거리에서도 단번에 알아볼 수 있다. 그것은 동물적 감각에 가깝다. 언제 만든 건지 날짜와 시리얼넘버도 델 수 있다. 여자는 내가 바로 대답하자 당황한 눈치였다.

"그럼, 이 우산을 만드신 분은 어디 계신가요?"

"여기요."

여자는 '그분'을 찾으려고 가게를 들여다보다 자기 주변을 두리번거렸다. 그러고는 조심스레 물었다.

"여기 어디……요?"

내가 엄지손가락으로 나를 가리키자 여자가 미심쩍은 표정으로 내 모습을 머리부터 발끝까지 훑어봤다. 가죽 앞치마를 두른 걸 보고서야 내 말을 조금 믿는 눈치였지만 뭔가가 자기 생각과 맞지 않는 듯 눈동자가 흔들리고 있었다. 여자는 혼란스러운 얼굴로 오른쪽 이마를 가린 머리카락을 연신 귀 뒤로 넘겼다. 그러더니 실례했다면서 휴대폰을 코트 주머니에 집어넣고 황급히 자리를 떴다.

"이봐요!"

여자의 발걸음은 갈수록 빨라졌고, 갈색 코트 자락이 낙엽처럼 파르르 떨리며 멀어져갔다.

오늘은 정시에 가게 문을 닫고 호텔에 들러 아버지를 픽

업했다. 운전은 온종일 작업실 침대에서 누워 지낸 누나한
테 맡겼다. 투숙객 중 확진자가 나와서 방역하느라 하루
종일 호텔이 뒤숭숭했다고 아버지가 말했다. 모든 직원이
바이러스 검사를 받았고, 아버지도 받았다고 했다. 결과는
내일 아침에 나올 예정이었다. 아버지는 확진자가 나온 객
실이 있는 층에 가지 않아서 괜찮을 거라고 나를 안심시
켰다. 누나는 턱에 걸치고 있던 마스크를 슬쩍 올려 썼다.

"내가…… 운이 좋잖니."

손을 깨끗이 씻고, 마스크만 잘 쓰고 다녀도 아버지가
호텔에서 감염될 일은 없을 것이다. 본래 사람들 눈에 띄
지 않아야 하는 직업이고, 사람과 얼굴을 마주 보지 않는
비대면 업무니까. 아버지는 팬데믹이 뭔지도 모르던 시대
부터 홀로 팬데믹 시대를 살고 있었다. 아버지는 그런 자
신을 운이 좋은 사람이라고 생각했다. 그리고 언제부터 자
신이 유령으로 살게 됐는지는 몰라도, 운이 좋아지기 시작
한 때는 분명히 알고 있었다.

무한한 부끄러움 속에서도 고등학교를 무사히 마친 아
버지는 학교라는 울타리에서 벗어나자 수많은 걱정에 휩
싸였다. 사회는 학교와 다를뿐더러 상상 이상으로 혹독한
곳이란 걸 누구보다 잘 알아서였다. 특히 자기 같은 성격
과 기질로는 사회에서 하루도 버티기 힘들 거라는 것도.

가장 큰 고민은 제대로 된 밥벌이를 할 수 있느냐였다. 역시나 일자리를 찾아다닐수록 아버지는 깊은 절망과 우울감에 빠져들었다. 우울과 절망의 소용돌이는 영원히 끝나지 않을 것처럼 심장을 옥죄었다. 아버지는 소용돌이를 어떻게든 멈추고 싶어서 한밤중 한강 다리를 찾아갔다. 아버지가 난간에 다리 한쪽을 걸쳤을 때, 어디서 나타났는지 모를 노인이 아버지를 붙잡고 끌어내렸다.

차디찬 바닥에 주저앉은 아버지는 그제야 자신이 무슨 끔찍한 짓을 저지르려고 했는지 깨달았다. 뒤엉킨 실타래 같은 복잡한 감정들이 북받쳐 올라 눈물이 쏟아졌다. 노인은 그 옆에 가만히 앉아 아버지의 울음이 끝나기를 기다렸다가 넌지시 물었다. 여든 살 노인이 스무 살의 삶에 대해. 아버지는 부끄러움 속에서 살았던 자신의 삶을 처음으로 부끄러움 없이 주절주절 꺼내놓았다. 수면에 뜬 달이 물속으로 가라앉아 보이지 않을 때까지. 눈물이 마르고 침이 말라 목이 마를 때까지. 아버지는 긴 이야기라고 생각했지만 여든 해를 산 노인에게는 한없이 짧게 느껴지는 이야기였다. 노인은 아버지의 이야기가 더 길어져도 괜찮겠다고 말하며 덧붙여질 이야기들을 위해 일자리 하나를 소개해주었다. 호텔에서 청소부로 일하는 초등학교 후배가 있다고 했다. 그가 은퇴를 앞두고도 후임을 못 구해 쩔쩔매는 중이라며 종이에 연락처를 적어주었다. 아버지의 운은 그때부터 좋아지기 시작했다.

아버지가 청소부란 직업을 훌륭하게 생각하는 이유는 누구나 할 수 있는 일이기 때문이다. 청소는 못 배우고 가진 게 없어도 할 수 있다. 까다로운 지식이나 어려운 기술을 요하지도 않는다. 물론 청소에도 노하우가 있지만, 며칠이면 충분히 배우고 연마 가능한 것들이다. 오염의 성질에 맞는 세제를 선택하고 도구 사용법을 익히는 정도다. 그러나 아무도 청소를 하고 싶어 하지 않는다. 할 생각도 하지 않는다. 인생의 첫 번째 직업이나 꿈으로는 더더군다나 생각하지 않는다. 청소 일을 하기엔 많이 배우고 많이 가져서다. 하지만 어딘가에 낮은 직업이 있다는 건 누군가에겐 구원이었다. 삶을 포기하려는 순간 살게 한 직업이라 부끄러워할 수도 없었다. 아버지는 부끄러움을 많이 타지만, 자신의 직업만큼은 조금도 부끄러워하지 않는다. 어떤 직업도 갖지 못할 거라 절망하고 있을 때 만난 직업이기에.

아버지는 자신의 운이 좋아지게 해준 그 직업을 놓치고 싶지 않아서, 이튿날에도 J씨의 말을 계속 되새겼다. 눈에 안 띌수록 좋아. 그건 능력이 있다는 거야. 어쩌면 청소를 잘하는 것보다 중요할지도 몰라. 아주 깨끗하게 안 보여야

해. 내가 닦아내는 유리창처럼 투명하게, 아니, 유령처럼 투명해져야 해. J 씨는 아버지를 따라다니며 일을 잘하는 지 살폈다. 아버지가 실수하면 바로잡아주었고, 모르는 게 있으면 친절하게 설명해주었다.

사흘째, 아버지는 객실 복도를 걷다 방문 손잡이에 걸린 'DO NOT DISTURB'라는 푯말을 발견하고 그걸 가리키며 J 씨에게 무슨 의미냐고 물었다.

"'방해하지 마'라는 뜻이야. 저 푯말이 걸려 있는 방에는 들어가서도 안 되고 노크를 해서도 안 돼. 발소리도 안 나게 조용히 지나가."

아버지는 고개를 갸웃거리며 J 씨의 말을 교정해봤다.

"'방해하지…… 마세요'가…… 아닐까요?"

아버지는 더 나아가 '방해하지 말아주세요'로 해석하고 이해하면 안 되느냐고 물었다. 그러자 J 씨는 단호하게 고개를 저었다.

"아니, 아니. 여기서는 '마'가 더 어울려. 그들은 손님이니까. 고객이란 언제나 그런 위치지. 과연 그들이 우리 같은 사람을 존중해줄까. 뭐, 그런 사람도 있긴 하겠지. 하지만 그들은 명령하는 사람이야. 그만한 돈을 냈으니 당연해. 그러니까 상처받기 싫으면 처음부터 그냥 '마'로 알아두는 게 좋아. 한국어는 표현이 다양한 게 문제야. 그래서

37

오해의 소지도 크고 오독도 많지."

　그 후로 아버지는 방문 손잡이에 걸린 '방해하지 마' 푯말을 볼 때마다 어떤 일을 방해하지 말라는 걸까 궁금해했다. 섹스? 잠? 업무? 식사? 대화? 무한히 상상할 수 있었다. 그리고 답이 무엇이든 그것이 호텔에서 하는 말 중 굉장히 멋지고 강력한 표현 같아서 따라 해보고 싶었다. 큰 소리로 "방해하지 마!"라고. 아버지에게 그것은 힘이었고, 가진 자의 언어였다. 그런 말을 하는 사람이야말로 가장 멋지고, 큰 힘을 가진 사람일 거라고. 아버지는 그 말의 끄트머리라도 가져보고 싶어서 말끝마다 "마"를 붙여봤다. 낙담하지 마, 떠나지 마, 애쓰지 마, 외로워하지 마, 울지 마, 부끄러워하지 마. 비록 아무에게도 들리지 않게 속으로 하는 말이었지만.

　언젠가 그 말을 하는 사람이 되는 게 아버지의 꿈이었다. 아버지는 호텔 청소부로서 그것을 인생의 목표로 삼기로 했다. 용기 내어 큰 소리로 "방해하지 마!"라고 내뱉는 순간 지금의 삶에서 해방될 거라고 믿으면서. 성공한 인생이 될 거라고 확신하면서. 굴레로부터 자유롭고 당당해져 두려운 게 없어지면 부끄러울 일도 없을 거라고 자신하면서. 아버지는 힘을 가졌을 때 그 말을 할 수 있는 게 아니라 그 말을 함으로써 힘을 가질 수도 있다는 걸 몰랐다. 그래서 아버지는 사람들에게 공손하게 고개 숙이며 늘 이렇게 말했다.

"네, 알겠습니다."

독립

아버지가 바이러스 검사 결과를 문자로 알려왔다. 다행히 음성이었다. 나는 안도의 숨을 내쉬었지만 바이러스는 일상 속으로 점점 더 깊게 파고들고 있었다. 누나의 고교 동창은 네 가족이 모두 감염되어 음압병동에서 격리 치료 중이었다. 엊그제까지 전화로 밤새 수다를 떨던 친구의 이야기를 듣고 전염병의 현실을 실감한 누나는 불안한 표정을 얼른 마스크로 가리고 매장 바닥을 물청소했다.

작업실로 들어와 잠깐 눈을 감고 숨을 들이마셨다. 작업실은 매장과 비슷한 크기다. 나는 작업실에서 나는 냄새와 눈앞에 펼쳐진 풍경을 좋아한다. 다소 복잡하고 어수선하지만 이곳에는 우산을 만드는 데 필요한 모든 종류의 부품이 모여 있다. 수많은 종이 본, 우산대, 방수·방염 원단, 각종 나무를 깎아 만든 손잡이, 우산 꼭지, 도트. 스승님이 제자들에게 물려주고 간 부품도 상당하다. 제자라고 해봐야 고작 두 명뿐이지만. 한쪽에는 우산 제작에 도움을 주는 재봉틀과 공구들이 놓여 있다. 전 공정은 수작업으로 이루어진다. 공장에서는 우산 하나 만드는 데 오 분이면 되지만 수작업으로는 다섯 시간이 걸린다. 내가 하루 동안 제작할 수 있는 우산은 세 자루다. 그것도 수면 시간을 줄이고 아꼈을 때의 얘기다. 의뢰가 들어오면 특별 제작도 한다. 가격은 어떤 부품을 쓰느냐에 따라 이십만 원에서 백만 원까지 천차만별이다. 수공예 우산은 부품 가격과 제작 기간 때문에 비쌀 수밖에 없다. 단, 비싼 만큼 품질과 가치를 보장해야 한다.

스승님이 "내리쬐는 햇빛을 두려워하지 않고, 비가 오기를 기다리지도 않는다"라고 당당하게 선언했던 건 해가 쨍쨍한 날에도 들고 다닐 수 있는 우산을 제작해왔기 때문이었다. 양산을 의미하는 게 아니다. 실용성은 기본이고 행커치프나 브로치처럼 정장을 입을 때 액세서리 역할을 하는 우산. 노인들은 지팡이 대용으로, 여성들은 호신용으로 쓸 수 있는 단단한 우산. 수공예 장인에게는 상업적 성공보다 명예를 가져다줄 예술품으로써의 우산을 말하는 것이다. 아무리 그래도 우산은 흐린 날 존재감을 드러내는 물건이라서, 스승님은 맑은 날에 향수가 패션의 완성이라면 비 오는 날에는 우산이 패션의 완성이라고 말했다. 고국으로 돌아와 명동에 우산 가게를 차린 스승님의 목표는 이솔우산을 유럽 명품 우산처럼 한국의 대표브랜드로 정착시키고 명맥을 백 년 넘게 잇는 것이었다. 그 염원을 이을 스승님의 1대 제자인 P 선배는 제주도에서 우산 가게를 운영하고 있고, 나는 스승님의 2대 제자다.

그런데 사실 나는 그 책무가 무겁게 느껴진다. 스승님이 가게를 낸 당시에는 주 고객층이 기업 중진, 정치인, 고위공무원이었다. 부와 권위, 품위의 상징으로써 그들에게 스승님의 우산은 필수품이었고, 고급 취미로 사 모으는 사람도 있었다. 그러나 소비층이 평준화된 지금 시대에는 우산을 패션의 일부나 지위의 상징으로 여기지 않는다. 개인의 인생에서 귀중한 취급을 받지 않고, 체면을 살려주거나 대중적인 품위를 담당하는 물건이라고 보지도 않는다. 오히려 비가 내리는 날조차 지니고 다니기 귀찮은 물건이 된지 오래다. 때로는 짐이라고 생각하기까지 한다. 우리나라는 영국처럼 날씨가 일 년 중 절반이 흐린 나라가 아니라 우산이 없으면 비를 맞고 뛰면 그만이니 말이다. 물론 우산 하나로 개인의 가치가 높아질 거라고도 생각하지 않는다. 외출할 때 항상 소지하는 명품 가방이나 지갑과는 위상이 다른 것이다. 우산도 명품이 될 수 있다는 인식이 사라진 건 어디서든 싸게 살 수 있게 되면서부터다. 심지어 길바닥에서도 알록달록 늘어놓고 파는 값싼 지위의 물건. 스승님 시대의 권위를 되찾기는 어렵겠지만, 새 시대에 걸맞은 새로운 권위를 우산에게 찾아주고 그 명맥을 유지하는 게 P 선배와 나의 숙제다.

완성한 우산을 접었다 폈다 하며 제대로 작동하는지 꼼꼼하게 검수했다. 단풍나무를 깎아 만든 손잡이와 꼭지, 살 끝, 자개 도트도 살폈다. 바느질이 잘됐는지도. 불량인 곳은 없었다. 우산을 펼 때마다 원단이 팽팽하게 당겨지며 완성되는 곡선은 내가 아는 가장 견고하고 아름다운 선이다. 빗방울도 그 부드럽고 우아한 곡선을 타고 흘러내릴 때마다 설레어 계속 닿고 싶을 것이다. 어떤 느낌일까 궁금해서 나도 가끔 빗방울이 되어 우산 위를 흘러보고 싶다. 다음 우산을 제작하기 위해 원단을 펼쳐서 삼각형 모양의 종이 본을 대고 따라 그린다. 원단에 자투리가 생기지 않도록 본은 지그재그로 대가며 그려야 한다. 재단을 마치고 봉제에 들어가려는데 또 언제 들어왔는지 게을러빠진 누나가 뒤에서 한해야, 하고 불렀다.

"매장 비우지 말랬잖아."

고개를 옆으로 돌리며 말했다.

"하여튼 우산만 잡았다 하면 누가 업어 가도 모르지. 손님 들어오면 종이 울리는데 뭘 걱정이야."

그러고 보니 출입문에 달아놓은 우산 모양의 종도 스승님의 선물이다. 스승님한테 받은 게 너무 많다.

"살 사람은 주인이 없어도 기다렸다 다 산다."

"손님이 있고 없고의 문제가 아니라 누나의 그 자세가 문제라는 거야."

"아버지 탓이야."

"거기에 왜 아버지를 끌어들여?"

누나가 침대에 앉아 아까 내가 완성한 우산을 펼쳐서 요리조리 살폈다.

"아버지가 이름을 이렇게 지어서라고. 인생은 이름을 따라간다잖아. 강한해. 넌 해처럼 강해라. 강노라. 난 걍 노라라. 이름대로 놀 팔자인 거지."

둘러대기도 참 잘한다. 본래 뜻을 알면서 아버지가 지어준 이름을 그런 식으로 풀어낼 줄은 몰랐다. 내 이름은 부끄러움 많은 아버지가 자신과 다르게 살라는 의미로 지었다. 매일 떠오르는 해처럼 강하게 살아라, 해년마다 강해져라, 하며 지어준 이름.

"누나 말대로면 아버지가 이름을 제대로 지은 거네. 팽팽 노는 팔자면 좋은 거 아니야? 놀면서도 삼시 세 끼 굶을 걱정 없으면 그게 상팔자지 뭐야. 아버지한테 감사해."

"내 말은…… 관두자."

누나가 한숨을 푹 내쉬었다. 나는 재단한 원단을 봉제하려고 재봉틀 앞으로 갔다.

"그래, 사고 칠 거면 아무것도 안 하고 걍 노는 게 낫지."

아무것도 하지 않고 노는 팔자. 결혼을 하지 않았으면 이혼도 안 했을 텐데. 이혼하고 돌아온 날 밤, 나는 누나한테 결정적인 이유가 뭐였냐고 물었다. 누나는 클렌징티슈로 얼굴을 세게 문지르며 말했다. 네 매형 이빨 사이에 긴 고춧가루랑 셔츠 사이로 삐져나온 가슴 털 한 가닥 때문에. 밥맛이 뚝 떨어져서 도저히 같이 못 살겠더라. 그러고는 화장품이 알록달록 묻어 나온 티슈를 방바닥에 쌓아놓고 샤인머스캣을 뜯어 먹으며 먹방 유튜브를 시청했다.

연애할 때도 매형이랑 밥을 먹었을 테고, 그럼 이 사이에 고춧가루가 긴 날도 있었을 텐데. 고춧가루가 긴 채 키스도 했을 거고. 그리고 그때라고 매형의 가슴이 매끈하지는 않았을 텐데. 기억하기로 생긴 건 무말랭이처럼 생겼지만 가슴팍에 털이 있다고 슬쩍 자랑도 했던 것 같은데. 그때는 왜 그런 게 안 보이고 결혼하면 적나라하게 보여서 밥맛을 떨어지게 할까. 그런 사소한 것들이 왜 파국에까지 이르게 만드는 걸까.

다행히도 누나가 열심히 한 것이 딱 하나 있었다. 임신에 관한 한 심사숙고해서, 피임 하나는 열심히 했다. 그것이 누나의 유일한 진지함이었다. 나는 피임이 누나의 불행한 팔자를 조금이나마 살렸다고 생각한다. 혹이 딸렸다면 이혼을 했어도 지금처럼 맘 편히 놀고먹지는 못했을 것이다. 언제 끝날지 알 수 없는 자식에 대한 책임과 그로 인해 감당해야 할 고생이 누나의 삶을 좀먹었을 것이다.

"결혼하고 석 달 지나니까 바로 눈이 번쩍 뜨이더라. 좆됐구나. 이거 장난 아니구나. 애라도 덜컥 들어서면 진짜 빼도 박도 못 하겠구나. 게다가 태어났는데 그 인간 판박이면 얼마나 꼴 보기 싫을까. 애가 무슨 죄니."

평소의 누나답지 않게 목소리가 자못 진지해서 뒤돌아 누나를 쳐다봤다. 누나 스스로도 그건 잘했다고 생각하는 것 같았다. 침대에 드러누운 누나는 펼쳐든 우산을 멍한 눈으로 올려다봤다. 그러고는 들릴 듯 말 듯한 목소리로 중얼거렸다.

"우산 참 예쁘다. 튼튼해서 폭우가 쏟아지고 천둥번개가 쳐도 끄떡없겠어."

이혼이 누나를 부끄럽게 하지는 못했지만 철들게는 했

을까. 아무리 생각 없이 사는 누나라도 삼 년의 결혼 생활이 불행해서 이혼을 결정했겠지. 누나가 그 뒤에 덧붙인 말에 나는 재봉질을 멈췄다.

"엄마가 보면 좋아했겠다."

어머니가 살아 있었다면 누나의 이혼을 어떻게 받아들였을까. 아마 잘했다고 환영했을 것이다. 당최 행복하지 않고 가망도 없어 보이는 결혼이란 판단이 섰다면 나서서 이혼을 부추겼을지도 모른다. 그리고 자신의 말과 행동, 결단을 절대 후회하지 않았을 것이다. 어머니는 담임한테 "천하의 개새끼!"라 욕하고 교실을 제 발로 나왔을 때도 후회하지 않았다. 과거란 돌이킬 수 없다며 마음에 미련 한 톨 남기지 않고 깨끗하게 잊어버렸다. 그러나 그건 오로지 어머니 혼자만의 생각이었다.

중등교사였던 조부모는 막내딸이 자신의 인생을 망친 것도 모자라 집안 망신까지 시켰다며 어머니의 분별없는 행동을 도저히 이해하지 못했다. 물론 용서도 하지 않았다. 조부는 퇴학당한 어머니를 향해 넌 우리 집안의 수치라고 대노하며 호적에서 파버리겠다는 말을 식사 때마다 주문처럼 했다. 어머니는 이 년 동안 그 주문을 묵묵히 들으며 성인이 되기만을 기다렸다. 그리고 생일이 지나자마자 짐을 싸서 집을 나왔다. 조부가 호적에서 파버리기 전에 어머니 스스로 호적을 파버린 것이다. 조부는 그걸 가출이라고 명명했지만 어머니는 독립할 나이가 돼서 집을 떠나는 거라고 어른의 목소리로 말했다. 어머니가 성인이 될 때까지 기다렸던 건 낳아준 부모에 대한 마지막 예의를 지키기 위해서였다.

이후 어머니의 인생은 조부모와 완전히 별개가 되었다. 가족과 어떤 교류도 하지 않고 산 어머니는 고아나 다름없었다. 하지만 어머니는 더 이상 아이가 아니었고, 부모를 스스로 떠났을 뿐 버림받은 게 아니므로 고아란 표현은 적절치 않다. 어릴 때, 나는 외가 식구들을 사진으로밖에 보지 못했다. 오래된 사진 속 조부모는 젊었고 이모와 외삼촌들은 굉장히 어린 모습이었다. 어머니가 사진을 보여줬을 때는 이미 시간이 많이 흐른 뒤라 나는 그들이 어떻게 늙고 자랐을지 궁금했다. 아마 어머니도 마찬가지였을 것이다. 그래서 어머니가 돌아가셨을 때 외가에 부고 소식을 알렸다. 장례식장에서 나는 그들을 보자마자 어머니의 가족이란 걸 알았다.

그렇게 호기롭게 집을 나왔지만 막상 갈 데가 없어서 어머니는 한동안 모텔을 전전했다. 보름이 지나자 수중의 돈이 모두 떨어져서 모텔비도 못 내는 지경까지 이르렀다.

다행히 모텔 여사장은 어머니를 쫓아내지 않았다. 마침 모텔 청소할 사람이 필요했다며 일해서 방값을 내라고 했다. 흔쾌히 응한 어머니는 여사장을 따라다니며 일을 배웠다. 모텔 청소의 핵심은 손님이 입실했을 때 '아무도 사용하지 않은 방처럼' 보이는 것이었다. 모텔은 객실 규모가 작고 침실과 화장실로만 구성되어 있어서 청소가 그리 복잡하지 않았다. 침실은 쓰레기통 비우기, 침대 시트를 가는 소위 베팅 치기, 바닥 닦기, 냉장고에 음료 채우기 순이었고, 화장실은 쓰레기통 비우기, 세면대와 거울 닦기, 변기와 욕조 닦기, 배수구에 긴 이물질 제거하기, 수건이나 샴푸 등 비품 채우기 순이었다. 화장실 청소의 핵심도 '사용한 흔적이 없는 것처럼' 보이는 거라서 물기를 없애는 게 특히 중요했다.

어머니는 모텔의 빈 객실에서 숙식하며 하루 평균 열두 시간 동안 사십 개 이상의 방을 청소했다. 평소 달리기로 단련한 체력 덕인지 장시간 노동에도 힘든 내색을 하지 않았다. 다만 일반인들이 쉬는 날인 주말과 공휴일, 명절이 숙박업종에서는 대목이라 정신없을 정도로 바빴다. 방 회전율까지 높아서 청소도 더 빠르게 해야 했다.

모텔 메이드로 일하는 어머니를 사람들은 '모텔리어'라고 불렀다. 하는 일이 같은데도 호텔리어와 다른 직종이라 생각했고 보는 시선도 달랐다. 그러나 어머니는 그 일이 점점 좋아졌다. 몸은 매일 곤죽이 되기 일쑤였지만 신기하게도 청소할 때는 잡념이 사라지고 마음은 평화로워졌다. 스무 살, 어머니는 수학처럼 복잡하고 어려운 세상이 있다면 반대편에는 청소처럼 단순하고 간단한 세상도 있다는 걸 알게 되었다.

소리

혈관을 타고 피가 돌듯 바이러스는 순식간에 전국으로 퍼져나갔다. 청정 지역으로 불리던 곳까지 뚫려서 이제 안전한 곳은 어디에도 없었다. 감염자가 속출한 만큼 중환자와 사망자 수도 급증했다. 방역 당국에서는 지역 간 이동 자제를 권고했다. 영업시간 제한이 강화되어 아홉 시면 거리의 사람들은 멸종한 듯 동시에 사라져버렸다. 화려했던 도시의 욕망과 욕심이 바이러스로 인해 단숨에 거세되는 장면은 놀라우리만치 경이로웠다.

병든 도시의 밤은 적막하고 어두워서 가을바람이 겨울바람만큼이나 찼다. 대신 공기가 맑고 깨끗해져서 별을 많이 가진 도시가 되었다. 별 무리를 보고 있으면 이대로 도

시가 멈춰도 좋을 것 같다는 생각이 들었다. 과거로 돌아갈 수 없다 해도 아쉽지 않을 것 같았다. 팬데믹 이후, 누나를 먼저 퇴근시키고 혼자 남아 야근할 때면 도시는 온전히 내 것이 되었다. 나처럼 한밤에 불을 켜거나 켜도 되는 사람의 차지가 되었다. 그리고 그 불빛을 향해 문을 두드리는 사람의 것도.

아홉 시가 훌쩍 넘은 시간, 가게 문에 달린 우산 종이 아련하게 울렸다. 봉제한 천을 살대에 연결하고 있던 나는 일손을 놓고 매장으로 나갔다. 손님은 며칠 전 나한테 우산 사진을 보여줬던 여자였다. 여자는 코트 주머니에 손을 찔러 넣고 매장에 진열된 우산을 하나하나 꼼꼼하게 살폈으나 마음에 드는 게 없는지 선뜻 고르지 못했다. 선택에 도움을 주려는데 여자가 휴대폰을 꺼내 그때 그 사진을 다시 보여주며 물었다.

"이 우산은 없나요?"

"죄송하지만 판매가 종료된 상품입니다."

여자는 어깨가 들썩일 정도로 한숨을 크게 한 번 내쉬었다. 그러고는 한동안 말없이 우두커니 서 있기만 했다.

"다양한 제품이 준비돼 있으니 천천히 구경해보세요. 원하시면 비슷한 디자인이나 가격대로 추천해드릴게요."

"아니요, 이 우산이어야만 해요."

"다시 말씀드리지만……."

"왜 구할 수 없죠?"

여자가 공격적으로 물었다.

똑같은 부품과 디자인으로 제작하는 우산은 딱 세 개뿐이다. 만들고 싶어도, 만들 수 있어도, 재주문이 들어와도, 고액을 준다 해도 제작하지 않는다. 그것은 스승님의 경영원칙이고 지금까지 지켜지지 않은 적이 없다. 그래서 잃어버리거나 고장 나면 똑같은 우산을 구하는 건 사실상 불가능하다. 스승님은 우산 하나하나에 희귀성과 고유성을 부여해 고객이 자기 우산을 오랫동안 간직하길 바랐다. 원할 경우 우산에 고객의 이름이나 이니셜, 특별한 표식을 새겨주는 것도 그 때문이다. 내 설명을 다 들어놓고 여자가 또 물었다.

"왜 딱 세 개죠? 더 원할 수도 있지 않아요? 맘에 들면 열 개든 스무 개든 사고 싶을 수 있잖아요. 그리고 망가지거나 고장 나면 다시 구할 수 있어야 하지 않나요?"

여자는 토로하듯 말하다 나중에는 얼굴까지 붉히며 화를 냈다. 순간 나도 화가 치밀었다.

"이봐요, 여긴 공장이 아닙니다. 원하는 만큼 사고 싶으시면 애초에 공장에서 붕어빵처럼 찍어내는 제품으로 구매하셨어야죠."

53

"붕어빵이요?"

"제 우산의 가치와 자부심은 구하고 싶어도 구할 수 없고, 여기 말고는 어디서도 구하지 못한다는 데 있습니다."

"세상에는 예외라는 것도 있잖아요."

"어떤 예외인지 절 설득해보시든가요."

"당신 같은 사람은 설득도 안 통할 것 같네요. 세상에 사람 목숨보다 중요한 가치가 있을까요? 정말 꽉 막혔어!"

여자는 미간을 찌푸리며 가게 문을 꽝, 소리가 나게 닫고 나가버렸다.

"이봐요!"

여자가 흔들고 간 우산 종이 한참 더 울렸다.

야간작업을 마치고 침대에 누웠지만 잠이 오지 않았다. 여자가 가게 문을 세게 닫고 나갔을 때 울렸던 종소리가 아직도 귓가를 맴돌았다. 분명 달랐다. 그것은 지금까지 내가 들어왔던, 아니, 우산 종이 들려주었던 소리가 아니었다. 나는 자리에서 벌떡 일어나 작업실을 나와서 일부러 출입문을 열었다 닫아봤다. 우산 종은 내가 아는 익숙한 소리로 울렸다. 혹시 너무 친절하게 여닫아서인가 싶어서 여자처럼 다소 거칠게 닫아봤다. 그러나 아무리 반복해도 아까 그 소리는 나지 않았다. 여자는 어떻게 그런 소리

54

를 냈을까. 여자가 냈던 우산 종 소리는 울렸다기보다 울었다는 느낌이었다. 빗물처럼 눈물을 흘리며 우산 종이 울었고, 그 울음소리가 내 가슴속을 파고들기까지 했다. 무엇이 그런 소리를 내게 했을까. 원하는 우산을 구하지 못한 여자의 울분일까. 단순히 우산 종에 숨겨져 있던 여러 소리 중 하나였을 뿐일까. 그저 내가 잘못 들었을까. 아니면 내가 찾아낸 것일까. 우산 종은 그 소리를 찾아줄 사람을 기다려왔던 건지도 모른다. 소리를 내어서든, 들어서든 그런데 마침 여자가 소리를 내었고, 나는 그 소리를 놓치지 않고 들은 것이다.

스승님의 말을 그때는 가볍게 넘겨들었는데, 사실일 수도 있겠다는 생각이 들었다. 우산 종은 사찰의 전각 추녀에 걸어놓는 풍경을 닮았다. 유기 재질, 둥근 형태, 청아한 소리 그리고 눈을 뜨고 있는 풍경 속 물고기처럼 수행자는 언제나 깨어 있어야 한다는 의미도. 그 종은 스승님이 방짜유기장 친구에게 특별히 제작을 부탁한 것이었다. 내가 가게 간판을 올리던 날, 스승님은 직접 출입문에 종을 달아주기까지 했다. 우산 종에 대한 보답으로 스승님은 친구에게 세상에 하나뿐인 우산을 만들어주었다.

우산 종을 달고 스승님이 그것을 손으로 톡, 건드리며 말했다.

"우산을 만든다는 건 수행하는 것과 같아. 게을러서는 안 되고 늘 자신을 살펴야 하지. 좋은 우산 한 자루를 만들기 위해서 욕망을 꺾을 줄도 알아야 하고."

그러면서 스승님은 쇠잔한 목소리로 내 이름을 불렀다.

"한해야."

나는 세월이 알알이 새겨진 스승님의 눈을 바라봤다.

"지금은 저 종이 내는 소리가 하나뿐인 거 같지? 언젠가는 여러 소리가 들리게 될 거야."

"몇 가지나요?"

"그거야 나는 모르지. 너한테 달렸으니까."

스승님은 몇 가지나 들었을까 궁금했지만 묻지 않았다.

"풍경을 울리는 바람이 언제나 다르듯이 종을 울리는 사람도 다 다르니까. 마음이 다르니까 다른 거야. 그걸 읽어내면 소리가 다르다는 것도 알게 될 거야. 종이 울릴 때마다 찾아봐. 그중에는 너랑 같은 마음도 있을 테니까. 사람이 쓰는 물건을 만드는 사람은 사람의 마음을 아는 게 중요해. 기술이야 배우면 되지만, 그건 배운다고 되는 게 아니거든."

스승님 말대로 나는 우산 종이 내는 소리에 귀를 기울였다. 나와 같은 마음을 찾으려고 너무 애쓰다 보니 종이 울릴 때마다 긴장을 했다. 그러자 종소리가 조금도 아름답게 들리지 않았다. 비명을 지르는 듯한 소리, 못 살겠다고 악을 쓰는 듯한 소리, 귀를 틀어막고 싶을 정도로 수다를 떠는 듯한 소리, 잔소리를 닮은 소리, 바가지를 박박 긁어대는 것 같은 소리. 청아하고 웅숭깊던 소리는 온데간데없고 시끄러운 소리만 남았다. 종에게 소리란 곧 언어이고 말이니, 나는 사람들이 종을 통해 내게 불평불만을 쏟아내는 거라고 생각했다.

그게 그들의 말이 아니라 내 마음의 말이었단 건 나중에 알았다. 가게를 오픈하자 시작된 복잡하고 불안한 내 마음속 울림이었다는 걸. 그때 나는 우산을 만드느라 바빠서 파블로프의 개처럼 종소리에 예민하게 반응했다. 종이 울릴 때마다 침이 고이는 대신 속이 쓰리고 관자놀이가 아팠다. 업무 과중으로 손님을 대하는 일이 굉장한 스트레스였던 것이다.

그러다 어느 순간부터 땅으로 젖어드는 잔잔한 빗물처럼 종소리가 자연스럽게 귀에 스며들었다. 마음을 내려놓자 타인의 말소리가 조금씩 들리기 시작했다. 그 소리는 대체로 맑고 경쾌했다. 다만 하나의 소리처럼 모두 똑같은 울림과 깊이로 들렸다. 스승님의 말대로 여러 가지 소리를 찾아내지는 못했던 것이다. 그런데 오늘 여자가 분명히 다른 소리를 내주었다. 드디어 내가 읽어낸 것일까. 아니, 나는 결국 읽어내지 못했다. 여자가 나를 보고 꽉 막혔다고 했으니, 적어도 여자 입장에서는 읽어내지 못한 것이다. 마음을 아는 게 먼저이고 소리는 그 뒤에 따라야 하는 거니까. 나는 손을 뻗어 우산 종을 가만히 건드렸다. 여자는 왜 그 우산만을 원하는 걸까.

구멍

방해하지 마!

아버지는 주변에 아무도 없을 때 그 말을 소리 내어 외치곤 했다. 누군가가 옆에 있으면 그 사람에게 들리지 않게 속으로 읊조렸다. 누구한테도 그 말을 직접 해본 적은 없었다. 아버지에게 그 말은 자신의 부끄러움에 누구도 간섭하지 말라는, 그냥 부끄러워하게 내버려두라는 의미의 외침이었다. 호텔 청소부, 그러니까 호텔에서 유령으로 지내는 것 또한 아버지에겐 "방해하지 마!"에 부합하는 삶이었다. 눈에 보이지 않는 유령으로서 아버지가 고객들의 삶에 방해되지 않듯, 고객들 또한 아버지 눈에 보이지 않는 존재라서 아버지의 삶에 방해되지 않았다.

아버지는 어릴 때부터 사람을 대하는 걸 몹시 두려워했다. 상대방의 얼굴을 마주 보고, 눈을 맞추고, 말을 섞고, 기분을 살피는 일이 너무나 힘겨웠다. 심한 낯가림과 부끄러움 많은 성격 탓에 친구 하나 사귀는 것도 어려워서 혼자 놀면서 자랐다. 다 자랐다고 부끄러움이 잦아든 건 아니었다. 아버지는 식당 종업원에게 음식 주문도 제대로 하지 못한다. 전화로 주문할 때도 마찬가지라 통화 버튼만 누르고 얼른 나한테 휴대폰을 넘기곤 한다.

한번은 아버지가 외출 나간 가족을 위해 저녁으로 카레를 만든 적이 있다. 감자와 양파를 썰던 중 아버지는 카레 가루가 떨어졌다는 걸 알고 몹시 당황했다. 카레 가루를 사러 마트에 갈 일이 암담했기 때문이었다. 발을 동동 구르던 아버지는 어쩔 수 없이 부끄러움을 무릅쓰고 마트로 달려가 허둥지둥 카레 가루를 사왔다. 당분간 마트에 갈 일이 안 생기게 대용량으로. 그런데 봉지를 막 뜯으려는 순간, 매운맛으로 잘못 샀다는 걸 알게 되었다. 가족들은 매운 걸 잘 못 먹었다. 하지만 도저히 마트에 다시 가 직원에게 순한 맛으로 바꿔달라고 할 수 없을 것 같아서 그냥 매운맛으로 카레를 만들었다. 가족들은 아버지의 수고를 생각해서 매운 카레를 억지로 다 먹었고, 그날 밤 모두 복통과 설사에 시달려야 했다. 어머니는 카레 가루를 버리라고 했지만 아버지는 고집스럽게 일 년 동안 매운맛 카레 가루를 혼자서 다 해치웠다. 다시는 물건을 잘못 사는 바보 같은 짓을 하지 말자는 의미로 자신한테 매운 고문을 가한 것이다. 카레 사건 이후로 아버지는 웬만큼 다급하지 않은 이상 일회용 면도기 하나를 사더라도 온라인몰을 이용한다.

아버지의 부끄러움은 얼굴 붉어짐으로 먼저 드러난다. 신이 인간의 얼굴을 붉어지게 만든 이유는 감정을 드러나게 해 그 사람이 규칙을 어겼다는 걸 알리기 위해서라는 글을 책에서 읽은 적이 있다. 그러나 아버지의 빨간 얼굴은 나쁜 생각이나 감정에 의해 일어난 반응이 아니라서 아버지가 도덕적이지 않은 일을 저지른 거란 신호가 되지 않는다. 물론 아버지의 성정을 아는 사람들은 애초에 그렇게 생각하지도 않는다.

붉은 얼굴은 겸손에서 오는 반향도 아니다. 아버지의 부끄러움은 오로지 다른 사람이 자신을 어떻게 볼까라는 단순한 불안으로부터 기인한다. 타인에 대해 극도로 예민한 사람. 일종의 사회공포증으로, 사람을 대하려고 하면 아버지의 머릿속은 어김없이 백지장처럼 새하얘졌다. 타들어 갈 듯 심장이 두근두근 뛰기라도 하면 당장 죽을 것 같았다. 심지어 가슴 두근거림에 그치지 않고 메스꺼움, 땀, 근육통, 입 마름 등 온갖 다른 증상도 동반됐다. 아버지는 그런 감정 상태와 신체 증상에 맞닥뜨리는 게 끔찍하게 싫었다. 그것들은 아버지의 대인기피증을 더욱 악화시켰다. 치료가 필요한 질환인가 싶어 약도 오랫동안 먹어봤지만 소용없었다. 결국 아버지는 질환보다는 기질이라고 결론을 내렸다. 그러자 마음이 가벼워졌다.

그런 아버지한테 청소는 완전히 다른 세상이었다. 청소는 사람을 대하지 않아도 되고, 그러지 않고도 얼마든지 할 수 있는 일이었다. 자신을 지켜보지 않는 사물과 공간을 닦는 일은 아버지의 성격과 적성에 잘 맞았다. 감정이 없으니 행여 아버지가 그것의 심기를 불편하게 하거나 불쾌하게 하지 않았을까 걱정할 필요도 없었다. 완벽하게 원래대로 돌려놔야 한다는 일념으로 얼룩에 집중하다 보면 저 멀고 복잡한 세상사를 잠깐이나마 잊을 수 있었다. 얼룩이 깨끗하게 사라지면 아버지의 기분은 자국이 지워진 그 사물처럼 맑고 가뿐해졌다. 치유였다. 청소할 때 아버지의 마음은 가장 편하고 자유로웠다. 누구도 쳐다보지 않는 일. 냄새나고 더러워서 다가가기를 꺼려해 아무도 마주치지 않아도 되는 일. 얼룩을 깨끗하게 처리하지 못해서 윗사람한테 불려가는 일조차 생기지 않게 하려고 아버지는 더욱 열심히 그리고 철두철미하게 청소에 임했다. 부끄

러움은 아버지를 게으른 사람으로 놔두지 않았다. 아버지
는 부지런할수록 완벽한 유령이 되어갔다.

아버지가 유령이 되어 호텔 안으로 스륵 사라지는 걸 보
고 가게로 차를 돌렸다. 어제는 야근을 하지 않아서 모처
럼 아버지, 누나와 함께 출근하는 길이다. 추적추적 내리
는 가을비가 알록달록해진 가로수를 매끈하게 적시고 있
었다. 라디오는 바이러스 관련 뉴스를 첫 번째로 전하고
있었다. 감염자 수 폭증으로 부족해진 병상 문제를 해결하
기 위해 공공기관 건물을 생활치료센터로 전환해 운영하
고, 누구나 익명으로 무료 바이러스 검사를 받을 수 있도
록 임시선별검사소를 확대한다는 소식이었다. 주요 뉴스
가 끝나자 누나는 라디오를 끄고 가을비에 어울리는 음악
을 틀었다.

유독 가을을 심하게 타는 누나는 차가 신호에 걸리자 결
락된 눈동자로 허공을 멍하게 응시했다. 누나는 가을의 싸
늘한 분위기를 견디지 못해서 항상 연애로 그 시간을 방
어해왔다. 혹독한 겨울 추위는 뜨거운 연애로도 마음이 데
워지지 않아서 연애 생각이 나지 않는데, 가을 추위는 미
지근한 연애로도 마음을 안온한 온도까지 데울 수 있어서
연애를 갈구하게 한다고 했다. 그래서 누나는 중학생 때

부터 다른 계절은 몰라도 가을에는 꼭 연애를 했다. 가을을 혼자 보내지 않으려고 여름에 미리 연애 상대를 물색해두기도 했다. 그런 누나가 가을에 이혼을 했으니 준비해둔 애인도 없을 텐데 올가을의 공포를 무엇으로 이겨낼지 궁금했다. 나는 그 무엇을 부끄러워할 줄 몰라 낯이 두꺼워진 '게으름'이라고 생각했는데, 누나는 연애라는 백신이 없어서 가을 병인 무기력증을 앓는 것뿐이라고 떠들어댔다. 게으르다는 말은 듣기 싫은 모양이었다.

뒤에서 경적을 울리자 누나가 정신을 차리고 차를 출발시켰다. 그러더니 대뜸 물었다.

"넌 결혼 안 할 거야?"

고춧가루와 털 한 가닥 따위로 이혼한 여자가 던진 저 질문을 어떻게 이해해야 할까. 하라는 걸까, 한다고 하면 말리겠다는 의미일까.

"안 할 거야."

앞 유리창으로 떨어지는 빗방울을 보며 단호하게 대답했다.

"연애라도 해."

"왜?"

"외롭잖아."

"누구랑?"

"아무나 붙잡고 해. 골라봐야 다 거기서 거기야."

"거기서 거기인 사람을 왜 만나. 돈 아깝고 시간 아깝게."

"왜 연애조차 안 하려고 해?"

누나가 이해할 수 없다는 듯 혀를 차며 고개를 좌우로 흔들었다.

"연애하다 삐끗해서 누나처럼 결혼하게 될까 봐. 그러다 고작 고춧가루나 털 한 가닥 때문에 이혼하게 될까 봐."

누나가 헛웃음을 지으며 나를 힐끗 쳐다봤다.

"삐끗이란 말을 그렇게 쓰는 것도 참 신선하다."

"다 누나 보고 깨달은 거야."

와이퍼는 한 쌍의 반원을 그리며 유리창으로 쏟아지는 가을비를 열심히 닦아냈다. 흩어지는 빗방울 사이로 보이는 투명한 유리창이 꼭 아버지 같았다.

"넌 결혼하더라도……."

"안 한다니까."

누나는 내 말을 무시하고 계속 지껄였다.

"애는 무조건 삼 년 뒤에, 아니, 삼 년으로는 배우자가 한평생 같이 살아도 될 사람인지 판단할 수 없으니까 오 년 동안은 애 낳지 마."

"오 년? 그럴 거면 연애를 왜 해? 연애 기간이 아무짝에도 쓸모없다는 거잖아? 시간 낭비, 감정 낭비란 거잖아?

상대를 알 수 없는 흑막의 시간이란 거잖아?"

"연애할 때는 아무래도 콩깍지가 씌니까."

"누나 말대로면 모든 연애는 결국 실패라는 거네?"

"……."

"근데 다들 그걸 모른 채로 결혼에 이르고, 실패한 연애이니 결혼도 실패할 게 뻔하고. 연애는 상대를 파악할 수 있는 신뢰할 만한 실험 기간이나 테스트가 못 된다는 건데, 그런 연애를 왜 하고, 그런 연애를 믿고 결혼을 왜 해야 돼?"

"모두 실패만 하는 건 아니니까."

"도박을 하라는 거야?"

"실패만 보지 말고 성공도 보라고."

"누가 성공했는데?"

"아버지랑 어머니."

나는 그 대목에서 침묵했다.

"그렇게 소심하고 부끄럼 많은 사람이 어떻게 연애를 하고 우리를 낳았을까."

나는 한참 후에 대답했다.

"……용기를 냈겠지."

"너도 내봐."

"난 용기가 없는 게 아니야."

"그럼?"

"믿음이 없는 거야."

"그게 그거지, 뭘."

"왜 그게 그거야? 용기랑 믿음은 엄연히 달라."

나는 목울대에 힘을 주고 따지듯 말했다.

"용기를 내면 믿음이 생기고, 믿음이 있으면 용기도 나는 거야."

그런데 아버지와 어머니를 성공한 케이스라고 봐야 할까. 잘 살다 어느 한쪽이 먼저 죽어버렸으니 실패가 아닐까. 비는 거칠어졌고 와이퍼의 움직임은 불안할 정도로 빨라졌다. 나는 유리창을 내리고 밖으로 손을 내밀었다. 스승님은 가을 빗방울에는 사람의 심장에 구멍을 내고 도망가는 습성이 있다며 함부로 맞지 말라고 했다. 우산이 가장 필요한 비가 가을비니 잘 맞이할 수 있도록 특별히 우산을 잘 준비해두라고도 했다. 누나와 반대로 스승님은 가을에 주로 이별을 했다. 가을이 빚어낸 빗방울이 손바닥에 닿자 벌써 구멍이 생겨버렸는지 가슴으로 바람이 새는 느낌이 들었다. 누나는 그 구멍을 연애로 메워왔지만 나는 우산으로 잘 가려왔다.

하루 종일 비가 내리자 손님도 하루 종일 들어왔다. 아무리 그래도 나의 일은 날씨를 아예 무시할 수 없는 것이다. 누나는 의자에 앉을 시간도 없이 바빠서 온종일 매장에 붙들려 있었다. 나는 매장을 누나한테 맡기고 작업에만 집중했다. 그러나 귀는 우산 종이 울릴 때마다 예민하게 들썩였다. 모두 똑같이 들리는 종소리 속에서 여자가 지난번에 냈던 그 소리를 찾고 있었다. 다시 구분할 수 있을지 궁금했고, 내가 잘못 들었던 게 아닐까 알아보고 싶었다. 나중에는 소리와 손님을 일일이 확인하려고 종이 울릴 때마다 일하다 말고 감시창을 내다봤다.

그러나 여자는 가게 문을 닫을 시간이 됐는데도 나타나지 않았다. 우산이 가장 필요한 가을비가 내리는 날인데도. 비는 갈수록 거칠어지며 이제 막 물들기 시작한 느티나무 이파리를 한두 장씩 떨어뜨렸다. 누나는 매일이 오늘만 같아라, 하며 매출 전표를 움켜쥐고 작업실로 들어왔다. 하루 매상을 정산하는 내내 누나의 콧노래가 가을비와 어우러졌다.

정산을 마친 누나를 먼저 퇴근시키고 나는 작업실에 남아 가을 우산을 마저 준비했다. 사람들이 가을비를 맞고 심장에 구멍이 생기지 않도록. 그러나 사실은 가을비가 멈추지 않기를, 늦게라도 우산 종이 울리기를 바라며 가게 불을 자정까지 켜두었다.

수리

  수학을 못해서 담임한테 욕을 하고 학교를 제 발로 나간
문희숙. 그 문희숙이 앞으로 뭘 해서 먹고사는지 지켜보
겠다던 K 씨의 말대로 어머니의 고교 동창과 교사 들 사
이에서 어머니가 모텔 청소부로 일한다는 소문이 퍼졌다.
K 씨는 수학을 못하고 퇴학을 당하면 고작 청소부나 하는
거라며 새 학기가 시작될 때마다 학생들에게 실패한 인생
사례로 어머니 얘기를 들려주었다고 한다. 어머니가 청소
부가 됐다는 소식을 전해 들은 조부모가 부끄러워한 것은
말할 것도 없었다.
  그러나 어머니는 보란 듯이 코웃음을 쳤다. 성공과 실패
를 왜 그들이 결정하는가. 그리고 그 기준은 무엇인가. 그

들은 당사자에게 묻지도 않고 어머니의 인생을 실패라고, 불행하다고 규정지었다. 아무도 물어보지 않아서 어머니는 스스로 묻고 대답했다. 청소부가 부끄러운가? 부끄럽기는커녕 청소부로 사는 건 즐겁고 행복하다. 일은 재밌고 마음이 평화롭기까지 하다. 그러니 실패한 인생이 아니라고, 어머니는 그들을 향해 큰 소리로 외쳤다.

어머니는 오히려 전문 룸메이드가 되려고 시에서 운영하는 직업교육훈련소에 들어가 정식으로 호텔 룸메이드 양성 과정을 밟았다. 훈련소에서는 호텔 객실 관리에 대한 이론과 실무 외에도 메이드로서 갖춰야 할 기본 소양, 에티켓, 직무 수칙 등을 체계적으로 가르쳐주었다. 누구나할 줄 아는 청소라도 배움과 훈련의 과정을 거치자 전문가 영역이 되었다. 호텔에서 현장실습 교육까지 받고 수료증을 취득한 어머니는 모텔리어에서 호텔리어가 되기 위해 오랫동안 숙식하며 지냈던 모텔을 떠났다. 그리고 룸메이드를 채용하는 호텔을 여섯 군데나 돌아다니며 면접을 봤다. 면접관들은 어머니의 건강한 태도와 현명한 답변에 높은 점수를 주었다. 어머니는 그중 한 호텔을 선택해야하는 행복한 고민에 빠졌다. 어머니가 고른 호텔은 아버지가 유령으로 일하고 있는 곳이었다.

가을비는 나흘 동안 내리다 멈추기를 반복했다. 우리 남매한테는 마치 태풍이라도 몰아친 듯한 날들이었다. 누나는 그렇게 좋아하는 게으름을 피울 시간도 없이 손님에게 우산을 설명하느라 분주했다. 나는 잠도 거의 못 자고 우산 제작에만 몰두했다. 출퇴근 시간까지 아껴가며 만드느라 나흘 내내 집에 들어가지 못했다.

태풍이 지나간 자리처럼 가게에 고요하고 나른한 기운이 감돌았다. 까다로운 손님들 때문에 너무 힘들었다며 오늘 하루는 쉬고 싶다는 누나를 억지로 출근시켰다. 누나는 출근하자마자 작업실로 들어와 앓는 소리를 내며 내 옆에 드러누웠다. 나는 그동안 못 잔 잠을 몰아서 자느라 비몽사몽이었다. 누나가 들어오는 소리에 잠깐 눈을 떴지만 이내 다시 깊은 잠에 빠져들었다.

단잠을 깨운 건 누나였다. 누나가 내 어깨를 흔들며 어서 일어나라고 했다. 벽시계를 보니 점심시간이 훌쩍 지나 있었다. 점심 메뉴 때문에 깨웠나 싶어서 아무거나, 하고 반대쪽으로 돌아누웠다.

"손님이 왔는데, 널 꼭 만나야 한대서."

"아, 누군데."

나는 귀찮은 목소리로 물었다.

"몰라. 처음 보는 사람이야."

나는 천근만근 같은 몸을 간신히 일으켜 세웠다. 헝클어진 머리카락을 손가락으로 대충 빗어 넘긴 다음 마스크를 쓰고 매장으로 나갔다. 나를 만나야 한다는 손님은 다름아닌 그 여자였다. 가을비가 멈추자 찾아온 여자. 여자는 계산대에 놓아둔 아크릴 상자에서 명함 한 장을 꺼내 빤히 들여다보고 있었다. 가까이 다가가자 여자의 혼잣말이 마스크 너머로 조그맣게 들려왔다.

"마이스터 강한해…… 이름이 한해 씨군."

여자가 고개를 옆으로 돌리자 웨이브 진 머리카락 사이로 눈이 마주쳤다. 여자는 명함을 주머니에 집어넣고, 들고 있던 비닐 가방에서 길쭉한 상자를 꺼내 계산대에 올려놓았다. 누가 봐도 이솔우산을 포장할 때 쓰는 파란 상자였다. 여자가 상자를 열며 말했다.

"수리해주세요."

나는 가까이 다가가 상자를 들여다봤다. 저번에 사진으로 보여줬던 민트색 우산이었다. 나는 상자에서 우산을 조심히 꺼내 살폈다. 여자는 내 입에서 나올 말을 사전에 차단하겠다는 듯 품질보증서를 거슬리게 만지작거렸다. 내가 만든 우산은 고장 났을 시, 품질보증 기간인 이 년 동안 무상으로 수리 서비스를 받을 수 있다. 보증 기간이 지나도 수리를 맡기러 오는 고객이 많아서 나는 보통 일주일 중 하루는 우산을 수리하는 데 쓴다. 매장에 찾아오기 힘든 손님들은 택배로 우산을 보내오기도 한다. 살대가 일반 우산보다 촘촘하고 튼튼해서 천갈이를 의뢰하는 고객들도 있다. 모두 명품의 가치를 알기에 가능한 일이다.

명품 우산은 견고함이 남달라서 비싼 편이지만 그만큼의 퀄리티를 보장한다. 잃어버리지 않고 간수와 관리를 잘하면 십 년 넘게도 쓸 수 있다. 평생을 쓰고도 대물림해줄 수 있을 정도다. 또한 고장이 나도 버리기가 망설여지는 기묘한 아우라를 지니고 있다. 그래서 많은 고객이 수리를 맡긴다. 체면과 체통을 중요시하는 사람들인데도 수리의 흔적을 부끄러워하지 않는다. 고쳐 쓰고 오래 쓴 자국이 명품에 또 다른 가치와 품위를 입혀준다고 생각하기 때문이다. 그것은 돈 주고도 살 수 없어서, 명품을 잘 아는 사람은 가치란 이름의 명품도 안다.

그러니 따지고 보면 몇십만 원짜리 우산을 사치라고 할수는 없다. 십 년 동안 고장 났다고 버리고, 싫증 났다고 버리고, 부주의로 잃어버린 저가 우산의 가격을 모두 합하면 명품 우산 한 자루 가격과 맞먹을 것이다. 반대로 명품 우산은 잘 잃어버리지 않고 싫증도 나지 않는다. 어디를 가든 손에서 놓지 않으려 하고, 자주 신경 쓰며, 다른 물건보다 먼저 챙긴다. 그런데도 몇몇 손님들은 우산이 너무 비싸다며 깎아달라고 흥정을 하려 한다. 명품 우산을 사러 왔으면서 고가 우산은 사치라는 말을 서슴없이 던지고 간다.

"수리 가능하죠?"

여자가 목소리에 힘을 주었다. 불가능해도 어떻게든 가능하게 해야 한다는 뉘앙스였다.

내가 우산을 만들 때 사용하는 재료들은 친환경 소재라 재활용이 가능하지만, 일반 저가 우산에 들어가는 부품들은 다시 쓰기 어렵다. 과거에는 쇠로 된 살대를 사용해서 살대만이라도 고물상에 고철로 팔 수 있었다. 그러나 요즘은 플라스틱이나 유리섬유 강화플라스틱 살대를 써서 일반 쓰레기로 처리된다. 버려지는 폐우산은 다른 우산을 고칠 때나 필요해졌다. 장기기증처럼 고장 난 우산을 고쳐주는 것이 가망 없는 폐우산인 셈이다.

우산이 가장 필요한 장마철은 우산을 가장 많이 버리는 시기이자 우산 수리를 가장 많이 맡기는 때다. 다시 말하지만, 우산은 저가를 사서 쉽게 쓰고 버리는 것보다 명품으로 장만해 고장 나더라도 수리해서 쓰는 게 효율적이다. 하지만 여자가 가져온 우산은 수리조차 효율적일 것 같지 않았다. 대체 우산으로 뭘 해야 이토록 처참하게 망가질 수 있을까. 수리를 한다 해도 제 기능을 할 수 있을지도 미지수고, 어차피 금방 다시 고장 나고 말 것이다.

"손님, 이 정도면 수리가 어려울 것 같은데요. 그냥 새로 사시는 게⋯⋯."

누나가 끼어들었다. 그러나 여자는 단념할 눈빛이 아니었다.

"같은 걸 새로 구할 수는 없다면서요? 그래서 수리를 맡기겠다는 건데 뭐가 문제죠?"

역시나 막무가내였다.

"손님, 제 말은 다른 제품으로 구매하시라는⋯⋯."

누나의 친절한 설명에도 여자는 물러서지 않았다. 보증서를 들어 보인 후 수리가 끝나면 연락 달라면서 자기 명함을 계산대에 올려놓고 가게를 나가버렸다.

"이봐요!"

내가 불렀지만 이번에도 여자는 돌아보지 않았다. 여자가 건드리고 간 우산 중에서 그때와 같은 울음소리가 났다. 나는 파란 상자 속 망가진 우산을 망연하게 쳐다봤다. 마치 여자가 내게 미션을 주고 간 것 같았다. 얼마나 잘 고쳐내는지 보겠다, 같은. 어렵다는 걸 알면서도 골탕을 먹이려고 일부러 의뢰한 게 아닐까란 의심마저 들었다. 그런데 여자는 왜 저 우산을 포기하지 못하는 걸까.

점심으로 짜장면과 군만두를 시켜서 누나와 함께 먹었다. 나는 밥을 먹으면서도 작업실로 옮겨놓은 파란 상자에서 눈을 떼지 못했다. 누나도 마찬가지였다.

"수리할 거야?"

누나가 군만두에 짜장 양념을 묻히며 물었다.

"아무리 봐도 가능할 것 같지 않아."

"내가 봐도 그렇더라. 아니, 우산으로 무슨 짓을 하면 저렇게 폭삭 망가지니. 누구를 팼나?"

"설마 사람을 죽도록 때렸던 물건을 고쳐달라고 들고 왔을까. 그냥 버리면 버렸지. 소중하니까 저 지경인데도 수리하고 싶은 거겠지."

"그런가? 그러고 보니 그 여자 눈빛이 간절해 보이긴 하더라. 거 되게 궁금하네, 무슨 사연인지."

누나도 느낀 걸까. 그래서 물었다.

"혹시 그 여자 들어오고 나갈 때 울리던 종소리 기억나?"

"종소리?"

"뭔가 좀 다르지 않았어?"

누나는 군만두를 베어 물며 기억해내려는 듯 눈을 치켜떴다.

"종소리가 다 똑같지 뭐가 달라. 바쁠 때는 시끄러운 소리, 한가할 때는 반가운 소리. 그뿐이야."

나는 식사를 하다 말고 상자에서 우산을 꺼내 작업대에 올려놓았다. 그것은 사지가 꺾여버린 사람 같았다.

문자

닷새째 가게에서 지내는 내가 걱정됐는지 아버지가 문자를 보내왔다. 아버지는 나와의 전화 통화도 부끄러워해서 하고 싶은 말이 있을 때 문자를 한다. 나와서 밥 먹으라는 말도 하기가 쉽지 않은지 상을 차려놓고 한해야 밥 먹어, 하고 카톡을 보낸 적도 있다. 나는 아버지의 이런 소통방식이 답답하거나 불편하지 않다. 말로 표현하지 못하는 감정을 문자에 꾹꾹 담아 전달해야 해서 아버지는 한 문장을 보낼 때도 최선을 다하고 정성을 기울인다. 아버지의 글솜씨가 훌륭한 건 그 때문이다. 문자에도 어쩔 수 없는 부끄러움이 배어 있지만, 대신 누구한테도 드러내지 못했던 생각과 다양한 감정들을 생생하게 읽을 수 있어서 즐겁다. 누구보다 하고 싶은 말이 많고 그걸 어디에라도 담아둬야 하는 아버지에게 글은 그것을 실행시켜주는 유일한 수단이다. 유일해서 소중하다. 아버지는 물론이고 다른 사람들한테도.

나는 아버지한테 문자 받는 걸 무척 좋아한다. 신기하게도 아버지의 문자는 읽을 때마다 새로운 감정과 마음이 엿보여서 여러 번 읽고 곱씹게 한다. 그래서 아버지가 보낸 문자를 지우지 않고 모두 보관해두었다. 그러자 어느새 그것은 아버지에 대한 나의 기록이자 기억이 되었다. 말은 뱉자마자 허공으로 흩어지지만 글은 어딘가에 새겨놓는 거라서 나는 아버지가 지금까지 나한테 해준 말들을 하나도 잊지 않고 있다. 잊히거나 흐릿해져도 뒤져보면 어딘가에 반드시 적혀 있어서 금방 되찾을 수 있다. 아버지의 부끄러워하는 성격 덕에 나는 아버지의 말을 가장 많이, 가장 정확한 형태로 간직하고 있는 사람이 되었다.

나는 방금 아버지가 보내온 문자를 다시 읽어봤다.

우리 아들 한해 많이 지쳤지? 내일은 꼭 집에서 같이 저녁 먹자. 네가 좋아하는 순두부찌개 해놓을게. 오늘 밤은 가을 달이 순두부처럼 말캉하구나.

아버지가 말할 때마다 단어와 단어 사이에 성가시게 끼어드는 말줄임표와 쉼표가 아버지의 글에서는 전혀 나오지 않는다. 어쩌면 아버지는 글로라도 망설임과 부끄러움 없이, 막힘없이 말하는 사람으로 보이고 싶은 건지도 모르겠다. 혹은 글을 쓸 때 호텔에서 유령으로 지내는 것처럼 평온함과 자유로움을 느끼는 걸지도.

나는 창문을 열고 아버지 표현대로 말캉한 순두부 같은 달을 한참 올려다봤다. 바람이 차서인지 뜨겁게 데워서 숟가락으로 푹 떠먹고 싶은 보드랍고 새하얀 달이었다. 내일 정시에 퇴근해 아버지가 끓여준 순두부찌개를 먹으려면 밀린 작업부터 끝내야 한다.

창문을 닫고 작업대로 돌아가 티브이를 켰다. 어김없이 저녁 뉴스에서는 바이러스 관련 소식이 먼저 흘러나왔다. 내년 3월쯤 유럽과 미국에서 백신이 출시될 거라는 반가운 이야기였다. 그러나 세계 곳곳에서 들려오는 뉴스는 끔찍한 것들뿐이었다. 당장 장례를 치를 수 없어서 길바닥에 포개놓거나 늘어놓은 관의 모습은 가히 충격적이고 공포스러웠다. 그것은 인류가 바이러스와의 전쟁에서 집단학살을 당한 비극적인 장면이었다. 21세기형 홀로코스트와 흑사병의 결합을 보는 것 같았다. 국가 간 전쟁은 협정을 통해 희생을 멈출 수 있지만, 바이러스는 국경도 없고 유령처럼 실체도 없어서 타협이 불가능하다. 사람 간에 거리를 두어 접촉을 줄여서 바이러스가 운 좋게 피해 가길 바라거나 치사율이 하루라도 빨리 낮아지길 기다릴 수밖에 없었다.

한 시간째 여자의 망가진 우산만 들여다보는 중이다. 원래대로는 어렵겠지만, 원래에 가깝게라도 돌려놓을 방법을 찾아보려는데 어디서부터 어떻게 시작해야 할지 막막했다. 보통 수리를 맡기는 건 한두 군데 고장 났을 때지 이렇게 전체가 부서지고, 찢어지고, 망가진 경우에는 버리는 편이 낫다. 스승님이라면 어떻게 했을까. 한 가지 분명한 건 절대로 포기하지 않을 거라는 것이다. 여자가 포기하지 않듯이. 모든 일은 포기하지 않는 쪽이 최종 승자가 된다. 하지만 양쪽에서 균형 있게 포기하지 않아야 이루어지는 일도 있다. 스승님과 나의 관계가 그랬다.

나는 중학교 1학년 여름 방학 때 우산 제작 도제 수업을 받기 위해 스승님을 찾아갔다. 학기 중에는 수업이 끝나면 격일로 한 시간씩 배웠다. 친구들이 학원 다니는 데 쓰는 시간을 나는 우산 만드는 데 썼다. 그렇다고 공부를 아예 포기한 건 아니었다. 공부와 우산, 어느 쪽에도 확신이 서지 않아서였다. 공부에 실패하면 우산이라도 붙들어야 했

고, 우산 만들기에 소질이 없다면 공부로 돌아갈 수 있어
야 했다.

그렇게 아슬아슬하고도 어중간한 줄타기를 하다 고등학
교를 마치고 간신히 대학교에 들어갔다. 대학에 다니면서
도 진로를 확실하게 정하지 못한 건 마찬가지였다. 먼 길
을 걸어오는 동안 우산을 포기하고 싶은 순간도 여러 차
례 있었다. 그럴 때마다 포기하지 않은 건 내가 아니라 스
승님이었다. 너는 지금 잘하고 있고 감각도 있다며 칭찬을
아끼지 않았다. 스승님의 평가를 믿다가도 일이 뜻대로 되
지 않아 때려치우겠다고 난리를 피우면 스승님은 이런 말
로 또 붙잡았다.

네 인생이 어떻게 될지는 아무도 모르는 거다. 어느 구
름에서 비가 내릴지 모르는 것처럼.

스승님한테야 구름은 당연히 우산 쪽이었겠지만, 나는
나에게 있어 비를 내리게 해줄 구름이 공부인지 우산인지
알 수 없어서 혼란스럽고, 불안하고, 답답했다. '확신'이 선
건 스승님이 어느 날 내가 만든 우산을 봄날의 꽃처럼 펼
쳐 들며 자신만만한 어투로 던진 말 때문이었다.

백 년은 끄떡없겠다, 한해가 있어서.

대학 졸업을 한 학기 앞두고 있던 해였다.

누나는 제때 학교를 마치고 우산까지 거머쥔 날 보고 독

한 놈이라고 했다. 하지만 사실 그건 스승님과 내가 똑같은 힘으로 포기하지 않아 균형을 이룬 결과였다.

가야 할 방향이 명확해지자 필요 없거나 쓸모없는 것들을 자연스레 버리게 되었다. 정성 들여 단장할 일이 드물어졌고, 친구들과의 약속을 자꾸 어겼다. 소개팅이 귀찮아졌고, 편한 옷차림과 운동화를 찾게 되었다. 격렬한 헤비메탈 대신 잔잔한 비트의 음악을 들었고, 더 이상 헤어젤을 바르지 않았으며, 끼고 다니던 반지가 답답해졌다. 모든 게 우산을 만드는 데 적합한 구조의 인간으로 완성되어 간 것이다. 예전의 나를 잃어가도 상관없을 만큼 우산에 빠져든 삶은 후회스럽지 않았다. 그것의 가치가 무엇이냐고 묻는다면, 사라지지 않도록 전통을 잇는다는 데 있었다. 한 사람의 탄생은 다른 사람의 삶을 이어받기 위한 거라는 생각을 그때 처음으로 했다.

내가 밤샘 작업을 한다는 걸 알고 아버지가 자정 넘어 문자를 보내왔다.

자랑스러운 한해야 쉬엄쉬엄 일하고 잘 자렴.

아버지는 우산공예가가 된 나를 자랑스러워한다. 부끄

러움 때문에 어디 가서 떠벌리지는 못하지만 내가 만든 우산을 뽐낼 수 있어서 비 오는 날을 가장 좋아한다. 아버지 딴에는 우산을 당당하게 펼치는 행동이 비와 하늘을 향해 "내 아들이 만든 우산이다!"라고 떠벌리는 것이다. 아버지가 우산을 좋아하는 이유가 뭘까 곰곰 생각해봤는데, 부끄러움 때문이 아닐까 싶다. 아버지는 자신을 숨기고 가려야 마음이 편한 사람이다. 그래서 우산을 쓰면 이중으로 유령이 된다.

아버지를 부끄러워한 어리석은 시절, 가장 가까웠던 친구가 아버지의 직업이 호텔 청소부라고 학교에 소문을 낸 다음 날이었다. 아버지한테 도시락을 전해주려고 호텔에 갔었다. 어머니가 몸살감기로 앓아누워서 그날 아버지는 도시락 없이 출근을 했다. 약을 먹고 기운을 차린 어머니는 점심시간에 맞춰 나한테 도시락 배달을 시켰다. 아버지 어머니가 일하는 호텔을 그때 처음 가봤다. 높은 건물은 눈부실 만큼 반짝거렸고, 직원들은 공손했으며, 옷차림이 깨끗한 손님들은 여유가 넘쳤다.

나는 아버지를 찾아 넓은 호텔을 구석구석 돌아다녔다. 그러다 우연히 아버지가 일하는 모습을 목격하게 되었다. 아버지는 첩보영화에 나오는 주인공처럼 모퉁이에서 다른 모퉁이로 몸을 숨긴 뒤 이리저리 고개를 돌려 사람이 있는지 없는지 살펴가며 객실로 잠입했다. 아무도 없어서 굳이 몸을 숨길 필요가 없는데도 습관처럼 자신을 숨기고 있었다. 그 모습이 우스꽝스러우면서도 서글펐다. 우스운 건 잠깐이었고, 서글픔은 오래갔다. 저렇게 열심히 눈에 띄지 않으려고 애쓰는데 나까지 아버지를 숨길 필요가 있나. 내가 드러내도 아버지는 천성이 숨는 사람이고, 숨는 게 직업까지 된 사람인데.

학교에 소문을 낸 친구의 뺨을 때린 후로, 나는 누군가가 아버지의 직업을 물으면, 아니, 묻지 않아도 먼저 나서서 말했다. 우리 아버지는 호텔, 하고 내뱉은 다음 대단한 뭔가를 밝히듯 숨을 깊게 들이마셨다 내쉬며 청소부야, 라고 소리쳤다. 그랬더니 친구들조차 내 눈에 안 보이는 유령이 되고 말았다. 그런 친구라면 있으나 마나라 나는 아버지를 통해 좋은 친구와 그렇지 못한 친구를 구별할 수 있게 되었다. 좋은 애인과 그렇지 않은 애인도. 아버지의 쓸모였다. 그렇게 해서 찾아낸 좋은 사람이 몇이나 되느냐고? 딱 세 명이었다. 하지만 충분하다고 생각한다.

도시락을 전해주고 나온 나는 다시 으리번쩍한 호텔을 올려다봤다. 그 호텔을 반짝거리게 만든 사람은 아버지와 어머니였다. 그리고 아버지는 그날 나한테 존재를 들켜버리고 말았지만, 난 고객이 아니므로 들켰다고 볼 수 없었기에 아버지의 유령 경력은 문제없이 이어졌다.

나는 아버지의 다정한 문자에 답장을 보내고 여자의 우산을 고치기 시작했다.

양산

어머니는 호텔 동료들 사이에서 인기가 제법 많았다. 일을 야무지게 잘하는 것도 비결이었지만 그보다는 사교성이 좋아 동료들의 말을 귀담아 들어주고 공감해주기 때문이었다. 의리녀로 불리며 고민 상담을 도맡아 하다 보니 동료들은 문제가 생겼다 하면 어머니한테 제일 먼저 달려갔다. 가벼운 잡담으로 포문을 연 그들의 이야기는 사적인 고민을 거쳐 쌓이고 쌓인 노사문제와 사측에 대한 불만으로 옮겨갔다. 섣불리 문제 제기를 했다가 불이익을 당할지 몰라 뒷걸음쳤더니 곪아버린 환부들이었다. 알다시피 어떤 일의 총대를 멘다는 건 보통의 의지와 강단으로는 하기 어렵다. 그러나 어머니는 달랐다. 학창 시절에도 그랬

듯 문제를 맞닥뜨리면 바로잡지 않고는 못 배기는 기질이 어머니로 하여금 메스를 잡게 했다.

어머니는 회사를 상대로 비합법적이거나 비윤리적인 문제를 단계별로 제기하며 대화와 타협의 선봉에 섰다. 직원 복지 개선부터 인권, 성폭력 문제까지 어머니를 필두로 동료들이 합심해 쟁취해 낸 성과는 셀 수 없이 많았다. 어머니와 그녀들이 변화시킨 근무 환경 덕에 호텔 이미지가 대외적으로 좋아져 장래 꿈이 호텔리어인 사람들에게 일하고 싶은 호텔 1순위로 꼽힐 정도였다. 하지만 사측 입장에서는 사사건건 문제 제기를 일삼는 어머니가 껄끄러운 존재였다. 무슨 일만 터졌다 하면 앞줄에 어머니가 장수처럼 떡 버티고 있어서 임원진은 어머니를 '또 문희숙'이라고 불렀다. 그들이 어떻게든 꼬투리를 잡아 자신을 해고할 궁리를 한다는 걸 알고 있었던 어머니는 책잡히지 않으려고 매사에 엄격하게 처신했다. 지각 한 번 안 할 만큼 메이드로서의 자세와 업무 처리에도 빈틈이 없었다. 그것은 정당한 권리를 요구하기 위한 철저한 의무 이행이었다.

근무 연차가 늘어날수록 어머니의 파워는 더욱 견고해졌다. 직원들의 권익 보호를 위한 비상설 조직의 위원장 자리를 어머니가 맡는 건 어찌 보면 당연했다. 사실 호텔 내에 어머니만큼 탁월한 리더십과 추진력을 갖춘 인물도 없었다. 심지어 어머니는 막강한 회사를 상대하기 위한 무기의 하나로 법 지식까지 꾸준히 섭렵하고 있었다. 무엇보다 어머니가 사측을 두려워하지 않았던 건 자신을 믿고 따르는 수많은 동료가 뒤에 포진해 있기 때문이었다. 어머니한테는 그녀들이 가장 큰 힘이었고 빽이었다. 그들과 손을 잡으면 해결하지 못할 일은 없다고 생각했다. 사실은, 딱 하나 있긴 했다.

아버지보다 세 살이 많았던 어머니는 호텔에서 유령으로 지내는 아버지를 안타까워했다. 조금이라도 편하게 일할 수 있도록 근무 여건을 개선해주려고 노력도 했다. 어느 날, 어머니는 이야기로만 전해 들었던 아버지를 복도에서 처음으로 마주쳤다. 아버지가 화들짝 놀라 도망가려고 하자 어머니가 불렀다.

"이봐요."

아버지가 멈춰 섰고, 어머니는 아버지에게 천천히 다가갔다. 아버지는 그때 속으로 "방해하지 마!"라고 외치고 있었다. 어머니는 아버지 심장 쪽에 달린 아크릴 명찰을 쳐다봤다.

"강……정식 씨."

아버지는 부끄러워서 고개 숙인 채 복도에 깔린 팥죽색 카펫만 초조하게 내려다보고 있었다. 어머니는 그 모습을 보며 아버지가 자신을 좋아해서 그런다고 착각했다. 두 번째, 세 번째 마주침에서도 어머니의 착각은 계속 이어졌다. 어떤 사랑의 시작은 착각에서 비롯되기도 한다.

"같은 유령끼리는 마주쳐도 되고 마주 봐도 돼요."

그 말에 아버지는 고개를 들어 어머니의 명찰을 힐끗 본 뒤 얼굴을 마주 봤다. 신기하게도 어머니의 초승달 모양 눈매에 아버지의 초조함은 감쪽같이 사라졌다. "같은 유령끼리"란 말에 호텔에서 유령은 자신뿐이라고 생각해왔던 아버지의 심장이 마구 두근거렸다. 그동안 아버지가 사람을 대할 때마다 나타났던 사회공포증 증상, 고통에 가까워서 끔찍하게 싫었던 두근거림과는 차원이 다른 떨림이었다. 사람이 아닌 '같은 유령'을 마주해서일까. 그것은 기분 좋고, 황홀하고, 달달한 느낌의 두근거림이었다. 아버지는 심장의 세계에 이런 두근거림도 있다는 걸 도저히 믿을 수 없었다. 믿을 수 없어서 확인하고 싶었다. 아버지는 심장이 계속 두근거리게 내버려두려고 이 순간을 아무도 방해하지 말아 달라고 간절하게 빌었다.

여러 번의 마주침을 통해 어머니는 아버지가 부끄러움이 많은 성격이란 걸 알았다. 너무 오래되어 이젠 고치기도 어렵고, 유령으로 사는 걸 오히려 편안해하는 사람이란 것도. 그래서 아버지의 근무 여건 개선을 단념하기로 했다. 대신 호텔에 존재하는 유령이 아버지뿐만은 아니란 걸 알려주려고 일부러 자주 마주치기로 했다. 덕분에 어머니는 한참 뒤에야 알게 되었다. 아버지가 어머니 앞에서 부끄러워한 건 어머니를 좋아해서였다는 걸. 그 부끄러움만은 다른 종류의 부끄러움이었고, 어머니가 착각한 게 아니었다는 걸.

매장이 한가해지자 다시 게으름 병이 도진 누나는 점심시간이 훌쩍 지났는데도 침대에 앉아 커피를 홀짝였다. 누나는 대체 누굴 닮은 걸까. 부끄러움이 많은 아버지도 아니고, 열혈 여사인 어머니도 아니다.

"굳이 한쪽을 골라야 한다면 엄마 쪽에 가깝지 않을까."

"무슨 개소리야."

내 핀잔에 누나는 인정하겠다는 듯 물러서며 또 이름을 걸고넘어졌다.

"이름 탓이야. 노라. 뭘 해도 안 된다는 거지. 노느니만 못하단 거야."

"누나도 알잖아, 그런 의미의 노라가 아닌 거."

누나의 이름 '노라'는 어머니가 지은 거나 다름없다. 어머니가 좋아하는 문학작품 이야기를 듣다 아버지가 아이 이름을 노라라고 하자고 했으니, 누나 이름의 기원은 어머니인 것이다. 어머니는 입센의 희곡 『인형의 집』에 나오는 주인공 노라를 좋아했다. 여성해방의 상징적 인물. 자신이 남편과 대등한 인간이 아닌 인형의 집에서 인형으로 살고 있었다는 걸 깨닫고 독립된 자아를 찾기 위해 아내와 엄마의 자리를 과감히 버리는 노라의 행동이 어머니에게 신선한 충격을 주었다.

"못 살겠다고 이혼하고 그놈의 집구석을 뛰쳐나왔으니 이름대로 된 거긴 하네. 해방인가?"

논다는 의미의 노라든, 『인형의 집』의 노라든 누나는 노라로 살고 있다.

"엄마 돌아가시고 네 매형 만나 연애할 때 너무 행복해서 그 행복을 묶어두려고 한 결혼이었는데, 오히려 행복이 도망가는 게 결혼이더라."

누나가 풀이 팍 죽은 목소리로 말했다.

"그걸 꼭 해봐야 알아?"

차가운 말투에 화가 난 누나가 납작하게 구긴 종이컵을 내 등짝으로 집어 던졌다.

"알았으면 진작 좀 가르쳐주지 그랬냐!"

나는 뒤돌아 누나를 쩨려봤다.

"누난 그때 눈에 뭐가 씐 상태라 귀신이 와서 하는 말도 안 들었을걸? 잘 돌아봐, 누나가 얼마나 막무가내였는지.

잠깐이지만 나도 누나가 진짜 행복을 찾았다고 착각했으니까. 근데 역시나더라. 한 달 만에 매형이랑 싸우고 보따리 싸들고 우리 집으로 야반도주했던 건 기억하지?"

"안 해보고도 그렇게 잘 알아서 연애도 결혼도 안 하는 거냐?"

"사람은 다 변해. 그래서 행복도 기쁨도 변해. 사랑은 더 쉽게 변하고. 아니, 변질되지. 영원한 건 없어. 그거 하나만 알아도 답은 간단해. 애초에 기대를 안 하게 되니까."

"네 생각대로 변질을 맛보고 이혼까지 하고 돌아와서 아주 쌤통이었겠다?"

"누가 그렇대?"

"아니긴 뭐가 아니야! 인정머리라곤 눈곱만큼도 없는 놈! 그러니까 그 나이 처먹도록 친구 하나 없고 연애도 못하지."

"거기서 친구가 왜 나오고 연애가 왜 나와?"

"네 인생이나 돌아보라고, 새끼야!"

"연애는 못 하는 게 아니라 안 하는 거거든!"

"꼭 연애 못 하는 것들이 안 하는 거라고 큰소리 뻥뻥 치더라!"

나는 지지 않고 작업대에 놓인 실패를 누나한테 던졌다.

"연애를 밥 먹듯이 하고도 데려온 남자가 고작 매형인

누나가 큰소리칠 입장은 아니지!"

누나는 실패를 교묘히 피하고는 가방을 챙겨들고 가게를 나가버렸다.

나는 안다. 누나는 어머니가 없는 현실을 견딜 수 없어서 결혼을 도피처로 삼았다는 것을. 그러나 누나는 몰랐다. 결혼은 또 다른 현실이란 것을. 현실을 피해 도착한 현실이 별다른 곳이 아니란 것을. 세상 어디를 가도 아름다운 환상은 없다는 것을.

게으른 누나 손도 일손이었는지 혼자 작업실과 매장을 들락날락하려니 정신이 하나도 없었다. 오전에는 한 명도 없던 손님이 한꺼번에 들이닥치기까지 했다. 마치 누나가 나를 골탕 먹이려고 어디선가 손님을 호객해 가게로 들여보내기라도 하는 것 같았다. 나는 작업실 문을 열어놓고 우산을 만들다 출입문 종이 울리면 매장으로 튀어나갔다.

바쁜 듯 다소 요란하게 우산 종을 울리며 젊은 여자 손님이 들어왔다. 나는 재봉질을 멈추고 매장으로 나갔다. 소매에 덕지덕지 붙어 있는 실밥을 얼른 떼어내고 손님을 맞았다. 붉은 립스틱을 짙게 바르고 선글라스를 쓴 손님은 뛰어왔는지 가을 날씨에도 땀을 뻘뻘 흘리고 있었다. 손님은 턱에서 목덜미로 흘러내리는 땀을 손등으로 연신 닦아내고는 진열된 우산을 급하게 둘러보다 물었다.

"양산, 양산은 없어요?"

"네, 죄송합니다만."

"왜 없죠?"

신경질적인 반응이었지만 나는 이유를 말하지 않았다. 손님 입장에서는 우산 가게에 양산이 없는 걸 이해할 수 없을 것이다.

"양산은 없지만 우산은 많으니까 한번 둘러보세요. 미리 장만해…….""

"우산은 많아요."

손님은 미간을 찌푸리며 선글라스를 벗어서 정수리로 밀어 올렸다. 그러고는 얼굴 가까이 손부채질을 했다. 나는 손님이 많이 가지고 있다는 우산이 어떻게 생겼을지 궁금했다.

손님은 팔짱을 끼고 매장을 불안하게 서성대다 결국 짜증 난 얼굴로 가게를 나가버렸다. 요즘은 우산보다 양산을 사려고 가게를 찾는 손님이 많다. 그러나 내 가게에 양산은 없다. 양산은 판매하지 않는다고 종이에 써서 붙여두려다 관뒀다. 간혹 양산을 보러 왔다가 우산을 사는 손님도 있어서다. 흐물흐물한 우산만 써오다 튼튼하고 우아한 수공예 우산을 보면 욕심이 생길 수밖에 없다. 욕망은 무리를 두려워하지 않아서 지갑을 열게 만든다. 다만 방금처럼 종종 인상을 쓰며 나가버리는 손님들 때문에 공장 양산이라도 몇 개 들여야 하나 고민이 되었다. 하지만 그건 스승님이 원하지 않을 것이다.

스승님은 우산과 양산을 다른 종류, 다른 장르라고 생각했다. 시와 소설처럼. 스승님의 생각대로 양산과 우산은 여러 면에서 다르다. 크기, 디자인, 들어가는 부품, 용도, 사용자 등등. 양산은 우산보다 구조도 복잡하다. 스승님은 피하고 막아야 하는 건 비고 햇볕은 맞는 물질로 봤다. 소설가가 시를 쓰거나 시인이 소설을 쓰려면 원점에서 다시 시작해야 하듯 양산을 만들려면 처음으로 돌아가야 한다고 말했다. 양산이 소설이라면 우산은 시다. 한때 시인이 되고 싶었다는 스승님은 우산을 택했다. 물론 우산에 중점을 두었을 뿐, 양산도 종종 제작했다.

하지만 나는 스승님과 생각이 조금 다르다. 양산이든 우산이든 무언가를 막거나 피하게 해준다는 도구로서의 역할은 같다. 시와 소설이 하나의 문학인 것처럼. 햇볕도 때론 피할 필요가 있는 성가시고 해로운 물질이다. 아까 손님이 짜증을 낸 건 햇볕이 불편했기 때문일 것이다. 사람은 더우면 본능적으로 그늘을 찾고, 양산은 사람을 따라다니며 시원한 그늘을 만들어준다. 그리고 초창기에 만들어진 우산은 접을 수 있는 그늘이라 불리며 비가 아닌 햇볕을 가리는 용도로 사용됐다. 아무래도 대책이 필요해 보였다. 나는 제주도 P 선배에게 안부 인사차 전화를 걸었다.

화재

여자가 가게를 방문하기로 한 시간까지 십 분이 남았
다. 저녁 아홉 시로 약속을 잡은 여자 때문에 퇴근을 미룬
채 태블릿 PC를 붙들고 우산 디자인을 했다. 그러나 일손
은 잡히지 않고 시계와 출입문으로만 온통 신경이 쏠렸다.
이번에는 놓치지 않고 종소리를 잘 들어봐야 한다는 생각
때문이었다. 아홉 시 정각이 되자마자 알람시계처럼 우산
종이 울렸다. 아마 나는 약속 시간을 정하지 않았더라도
종 울림으로 여자의 도착을 알아차렸을 것이다. 소리에 대
한 그날의 내 판단은 틀리지 않았다.
　나는 매장으로 나갔다. 트렌치코트 차림의 여자와 눈을
마주친 후 손으로 계산대에 놓여 있는 기다란 파란 상자

를 가리켰다. 여자가 계산대 앞으로 다가오는 동안 나는 상자를 열어 감싸놓은 얇은 습자지를 날개처럼 양쪽으로 펼쳤다. 여자는 약간 놀란 듯, 그러면서도 뭔가를 꾹 눌러 참는 눈동자로 우산을 가만히 내려다봤다. 잠시 기다리다 인기척을 내자 여자가 정신을 차리고 조심스레 우산을 꺼내들었다. 쓰다듬듯 손잡이부터 꼭지 부분까지 눈으로 정성껏 훑은 다음 도트를 풀어서 펼쳤다. 고개를 들어 올린 여자는 우산을 돌려가며 안쪽도 꼼꼼하게 살폈다.

"어떻게, 고치셨죠?"

여자가 우산을 쓴 채 물었다.

"그게 제 일이니까요."

나는 담담하게 대답했다.

"고친 게 아니라 새로 제작한 거 같은데, 아닌가요?"

"고장 난 우산에서 재사용이 가능한 부품을 최대한 살렸으니, 절반은 맞고 절반은 틀렸다고 봐야죠. 그렇다고 완전히 새 제품도 아니에요."

내 말에 여자가 잡고 있던 우산 손잡이를 유심히 들여다보며 물었다.

"손잡이는 재사용인가요, 아니면······."

"군데군데 흠집 난 부분을 손봐서 재사용했어요."

여자는 신중하게 고개를 끄덕였다.

"좋아요. 마음에 들어요. 수리비가 얼마죠?"

그러고는 가방에서 지갑을 꺼냈다.

"아시다시피 품질보증 기간이 지나지 않아서 수리비는 무상이에요. 그냥 가져가세요."

여자는 미안해하면서도 감사한 표정으로 우산을 상자에 담았다. 상자를 품에 안은 여자는 공손하게 고개 숙여 인사한 뒤 우산 종을 울리며 가게를 나갔다. 변함없는 종소리 때문이었을까. 나는 여자를 불러 세웠다.

"이봐요!"

여자가 문을 닫다 말고 고개를 돌려 나를 쳐다봤다.

"제가 이 씨이긴 하지만 이름은 봐요가 아닌데요. 그거 아세요? 지금까지 절 계속 이봐요, 하고 부른 거."

"이봐요, 그러니까."

여자가 문을 잡은 채 나를 향해 돌아섰다.

"수리비는 무상이지만, 새로 들어간 부품이 많아서 부품비는 따로 받아야 해요."

사실은 거짓말이다.

"아, 그래요."

여자가 다시 지갑을 꺼내려 해서 나는 서둘러 말했다.

"부품비 대신 듣고 싶은 게 있어요."

머리카락에 살짝 가려진 여자의 눈동자가 커다래졌다.

"왜 꼭 그 우산이어야만 하죠?"

여자는 긴 침묵을 지키다 입을 열었다.

"시간 괜찮으면, 좀 걸을래요?"

내가 고개를 끄덕이자 여자가 돌아서다 말고 이어서 말했다.

"저녁 공기가 많이 차요. 옷을 따뜻하게 입어요."

두툼한 옷으로 걸쳤는데도 가을 날씨치고 밤공기가 제법 매서웠다. 바이러스로 카페들은 일찍 문을 닫은 상태였다. 어둡고 한산한 거리는 산책하기에 좋아 보였다. 지나다니는 사람이 없어서 마스크를 벗고 걸어도 될 듯했지만 공기가 차서 벗지는 않았다. 도로를 따라 이어진 가로수는 더 붉고 노랗게 물들어가고 있었다. 바람이 강해지면 저 수많은 나뭇잎은 어느 날 한꺼번에 떨어져 나갈 것이고 나무는 앙상한 가지로 월동을 준비할 것이다.

아홉 시 이후 영업이 제한된 업종이 늘어나 가로등을 전부 켜두는 걸 낭비라고 생각한 모양인지, 시에서는 영업시간 제한과 더불어 가로등 격등제를 실시하고 있었다. 마치 서로의 건강과 미래를 위해 밤늦게까지 몰려다니지 말라고 가로등으로 경고하는 것 같았다. 문 닫은 가게도 많은데 가로등마저 띄엄띄엄 꺼져 있어서 도시는 전혀 화려하지 않았다. 그래도 편의점은 이십사 시간 내내 간판을 밝히며 영업 중이었다. 그때, 여자가 잠깐 기다려달라고 하더니 편의점으로 얼른 뛰어갔다.

여자가 사 온 것은 데워진 두유 두 병이었다. 나는 건네받은 따뜻한 유리병을 두 손으로 감쌌다. 여자는 병뚜껑을 따서 한 모금 들이켜고 말했다.

"우산 고쳐주셔서 감사해요. 무리한 요구였다는 걸 아니까 더요."

내 추측대로, 여자도 무리라는 걸 알면서도 수리를 맡긴 것이었다.

"양쪽 다 포기하지 않아서였어요."

"네?"

여자가 고개를 돌려 나를 쳐다봤다.

"이봐요 씨도, 저도 똑같은 균형감으로 포기하지 않아서 이룬 결과라고요. 이봐요 씨는 고쳐달라고 끝까지 밀어붙였고, 전 어떻게든 끝까지 고쳐내고 싶었고요."

"근데, 이봐요 씨…… 듣기 괜찮은 별명이네요."

여자가 옅은 소리를 내며 웃었다.

여자는 절반쯤 마신 두유를 주머니에 넣고 휴대폰을 꺼내 사진을 보여주었다. 그때 우산 부분만 확대해서 보여줬던 사진이었는데 이번에는 우산을 들고 있는 사람도 보였다. 분홍 원피스 차림을 한 그 사람은 오른쪽 무릎을 구부려 로퍼 끝으로 바닥을 짚고 있었다. 앞으로 내민 민트색 우산은 두 손을 포개어 잡고 있었다. 그리고 기다란 우산을 타고 올라가면 보이는 그 사람의 눈웃음. 그 눈웃음이 나를 사로잡았다.

"언니예요."

"정말요? 잘 알아요, 이분."

그 사람은 사진 속 눈웃음과 원피스 차림으로 가게에 자주 들렀다. 들른 날에는 우산을 한 자루라도 꼭 샀다. 선물할 거라면서 포장에 특별히 신경 써달라는 말을 잊지 않고 했다. 매너도 좋지만 우산 고르는 안목이 남달라서 자꾸 기다려지던 손님이었다. 그런데도 민트색 우산과 그 사람을 바로 연결 짓지는 못했다. 똑같은 우산을 세 개 제작하므로 같은 우산을 가진 사람은 셋이나 되니까, 라고 변명을 해본다. 그 사람이 가게를 방문하지 않은 지는 내 기억으로도 꽤 오래되었다. 갑자기 발길을 끊은 이유가 궁금해서 밤에 일하다 문득 생각나기도 했다.

"죽었어요. 이 년 전에."

생각지도 못한 부고 소식에 놀란 나는 걸음을 멈췄다. 들고 있던 두유 병이 삽시간에 얼음처럼 차갑게 느껴졌다. 다리에 힘이 풀려서 가까운 화단 턱에 주저앉았다. 여자도 내 옆으로 와서 앉았다. 가로등이 꺼진 구간이라 주변은 절망스럽게 어두웠다.

"이 년 전 B시에서 있었던 화재 참사, 기억하세요?"

사망자가 백 명이 넘었던 참사라 기억하지 않을 수 없었다. 호텔은 15층짜리 건물이었고, 불은 4층에서 시작되었다. 방송사들은 현장을 연결해 아래층에서 발화한 불이 꼭대기 층까지 순식간에 번져 올라가는 장면을 실시간으로 보여주었다. 거대한 불기둥, 창문에서 뿜어져 나오는 시커먼 연기, 창밖으로 흰 천을 흔들며 구조를 애타게 기다리는 사람들, 불을 끄기 위해 사투를 벌이는 수십 가닥의 물줄기들, 발을 동동 구르며 화재 현장을 지켜보는 호텔 밖 사람들. 나는 창문 펜스에 뿌려지는 물줄기를 사람들이 잡고 내려올 수 있게 드리운 흰 밧줄로 착각하며 화면에서 눈을 떼지 못했다.

"언니는 출장 갔다 그 호텔 9층에 묵었어요. 그날 비가 와서 우산을 챙겨갔었죠. 언니가 예쁘다고 좋아하고 나한테도 자랑을 많이 했던, 사진의 민트색 우산을요."

그날의 참사는 방화범이 일으킨 것이었다. 범인은 삼십대 후반의 사내였는데 고등학교 때 학폭 가해자 중 한 명으로 지목된 것이 방화의 발단이었다. 인터넷 커뮤니티에 올라온 피해자의 글에는 가해자들의 끔찍한 행동들이 구체적으로 묘사되어 있었다. 글은 순식간에 퍼져나갔고 인 터넷 기사마다 수백 개의 욕 댓글이 달렸다. 댓글을 통해 신상까지 털리자 사내는 자신은 가해 주동자의 친구였을 뿐이라며 반박했지만 믿어주는 사람은 아무도 없었다. 학 창 시절 사내의 행실을 돌아보며 가족들은 미심쩍어했고, 동료들은 회사 이미지를 망가뜨렸다며 하나둘 사내를 멀 리하기 시작했다. 처음에는 믿어줄 것 같았던 친구들도 방 관자라면 그게 더 나쁘다는 말로 사내를 질타했다. 결혼을 약속했던 애인의 신상마저 털리자 애인도 결국 연락을 끊 어버렸다. 그런 사내를 완전히 벼랑 끝으로 내몬 건 갑자 기 날아든 회사의 해고 통보였다.

판단력이 흐려진 사내는 피해자에게 자신이 했던 건 사 소한 장난과 다소 거친 말이 전부였다며, 그런 행동들은 당시에는 교분의 일종으로 여겨지던 것이라고 속으로 변 명했다. 스스로에게 무고를 선언하고 나자 사내의 심장은 걷잡을 수 없는 앙심으로 꿈틀댔다. 원래 사내가 타깃으로 삼은 건 지하철이었다. 하지만 보는 눈이 많아서 보름 동 안 세운 계획은 보기 좋게 틀어져버렸다. 사내는 소주를 사들고 가까운 호텔로 향했다. 자살하는 것만이 자신의 무 고를 증명할 방법이라고 생각해서였다. 하지만 막상 혼자 죽으려고 하니 분하고 억울해서 도저히 참을 수 없었다.

사내는 지하철에서 사용하려고 준비했던 시너를 호텔방에 뿌리고 라이터를 당겼다. 순식간에 방에 불이 붙고 검은 연기가 천장으로 치솟았다. 폐부 깊숙이 스며든 연기에 겁먹은 사내는 다급하게 호텔을 빠져나갔다. 탈출하며 사내가 불이야, 라고 외치기만 했어도 골든타임을 놓치지는 않았을 것이다. 노후된 호텔이라 화재경보기가 제대로 작동하지 않았다는 것과 투숙객이 많은 주말이었던 점이 피해를 키웠다.

"화재 현장에서 언니는 너무나 고통스러웠을 거고, 살고 싶었을 거예요. 그래서 우산을 펴고 9층에서 뛰어내렸어요. 우산이 낙하산이 되어줄 거라고 생각했던 거겠죠."

나도 모르게 두유 병을 깨질 정도로 꽉 움켜쥐었다. 사내는 참사 이튿날 자신의 집에서 숨진 채 발견되었다. 사내가 목을 맬 때 밟고 올라간 의자 밑에는 빈 술병으로 눌러놓은 유서가 있었다. 유서에서조차 사내는 끝까지 제 잘못을 시인하지 않았다.

"언니도 우산도 처참하게 망가졌어요. 구급대원 말로는 언니가 우산 손잡이를 꽉 움켜쥐고 있었대요. 이미 바닥에 떨어졌는데도요. 너무 꽉 쥐고 있어서 손에서 떨어지질 않았대요. 언니는 붙잡을 뭔가가 필요했거나 그렇게라도 고통을 이겨보려고 했던 건지도 모르겠어요. 언니한테 그건 누군가의 손 같은 게 아니었을까……. 그렇다면 우산이 조금은 도움이 됐을 거라는 생각이 들었어요."

여자의 언니는 마지막 순간 누군가와 통화를 하지도, 문자를 남기지도 않았다고 했다. 유언 없는 죽음. 우산이 살려줄 거라 믿었기 때문이라고, 여자는 생각하고 있었다.

"그러니까 이 우산은, 언니의 마지막 순간을 잡아준 마지막 물건인 셈이에요. 언니가 마지막까지 붙잡고 있었던 물건이요. 그래서 찾아오고 싶었어요. 이 우산을 만든 사람을."

여자가 어둠 속에서 나의 눈을 바라봤다. 가로등이 꺼진 곳이라 다행이란 생각이 들었다. 여자도 같은 생각을 했을 것 같았다.

"이 년 동안 부러진 상태로 있어서 마음 아팠는데, 이제 다 나았네요. 이렇게 멀쩡해질 줄 알았으면 진작 올 걸 그랬어요."

나는 무슨 말을 어떻게 해야 할지 알 수 없어서 가로등이 켜진 곳으로 고개를 돌렸다. 한 칸 건너뛴 가로등 불빛이 짙은 어둠 속에서 더욱 희게 보였다. 나는 그 흰빛에 기대어 간신히 입을 뗐다.

"부러진 우산을 보는 것만도 괴로웠을 텐데, 고쳐야겠다는 생각을 하기는 더 어려웠을 거예요."

오래 쓸 수 있는 튼튼한 우산을 만들어서 개인의 삶과 이야기 어딘가에 내 우산이 가끔씩이라도 등장하길 바랐다. 비에 얽힌 추억 한 자락에 아름다운 모습으로 자리해 좋은 기억으로 남기를. 그래서 비가 올 때만이라도 그날을 떠올리면 저절로 미소가 지어지기를. 그런데 우산이 죽음의 고통과 슬픔에도 놓일 수 있다는 걸 오늘에야 알았다. 내가 만든 우산의 모습이 누군가에게는 가장 끔찍하고 나쁜 기억으로 남을 수 있다고 생각하자 좌절감이 몰려왔다. 공기가 차서인지, 두유가 식어버려서인지 유리병을 잡은 손이 부들부들 떨렸다. 나는 주머니에 손을 집어넣고 하늘을 올려다봤다. 비가 쏟아질 것처럼 밤하늘 가득 검은 구름이 끼어 있었다.

지옥

호텔은 으리으리하게 크고, 조용하고, 깨끗하게 빛나는 곳이었다. 가장 화려하고 눈부신 곳이었지만 아버지는 그렇지 않았다. 그 고요함과 아름다움과 청결함을 위해 호텔 뒤편에서는 수십 명의 호텔리어가 바쁘게 움직였다. 자기 몸을 땀 냄새로 더럽히고 시끄러운 소리를 내가며. 그 뒤편 중에서도 가장 후미진 곳이 아버지가 머무는 장소였다. 호텔에서 청소 전문가는 호텔의 꽃이라 불리지만 아버지란 꽃이 청소를 끝내고 숨어드는 곳은 한 평 남짓도 안 되는 아주 비좁은 공간이었다. 보일러실처럼 배관 파이프들이 벽을 타고 사방으로 복잡하게 얽혀 있어서 위험해 보이기도 했다. 구석에는 소형 선풍기 한 대와 앉아서 쉴 수 있는 낡은 의자 하나만 달랑 놓여 있었다. 벽에 세워진 앵글 선반에는 청소 도구와 세제, 쓰레기에 가까운 잡동사니들이 뒤죽박죽 쌓여 있었다.

아버지는 의자에 앉아 대기하다가 휴대폰으로 호출 문자가 오면 청소 도구를 챙겨 해당 객실로 올라갔다. 호출 문자는 일 분 단위로 오기도 하고, 길면 십 분 단위로 오기도 했다. 아버지는 객실 바닥의 얼룩을 제거하는 일을 전문으로 담당했다. 고객이 흘린 음료수나 음식물 자국이 대부분이었다. 아버지가 하루에 맡는 객실 수는 사십 개에서 오십 개였다. 객실 바닥에는 카펫이 깔려 있어서 얼룩을 단순히 걸레로 쓱 닦아낸다고 해결되지 않았다. 얼룩이 없는 곳과 구분되지 않도록, 지웠다는 흔적조차 남지 않도록 마무리하는 게 중요했다. 보기에는 쉬운 것 같아도 땀이 나고 숨도 찰 만큼 힘든 일이었다. 무엇보다 고객이 객실을 비운 사이에 청소를 끝내려면 속도가 빨라야 했는데, 아버지는 단연 숙련자였다.

어머니는 객실 침대 정리, 화장실 청소, 객실 비품을 구비하는 일을 했다. 객실 하나에 삼십여 분이 소요됐고, 어머니가 하루에 담당하는 객실은 열다섯 개 정도였다. 모텔에서 하던 일과 같았지만 객실 규모가 훨씬 크다는 것과 업무가 좀 더 체계적이란 게 달랐다. 비품 디자인과 질도 무척 고급스러웠다. 모텔과 가장 다른 점은 호텔에는 지켜야 하는 법정 노동시간과 연차유급휴가 제도가 있고 주말이나 법정공휴일에 일을 하면 휴일근무수당이 지급된다는 것이었다. 그리고 모텔에는 팁 개념이 없었는데 호텔에서는 객실 정리를 하려고 들어가면 침실에 팁이 놓여 있을 때가 많았다. 영화관이나 미술관 티켓을 팁 대신 놓고 가는 고객도 있었다.

아버지는 자신의 존재를 어떻게든 들키지 않으려고 노력하는 사람이었지만 딱 한 사람한테만은 예외였다. 바로 어머니였다. 아버지는 오히려 어머니에게 자신을 들키려고 애썼다. 호텔에 있는 유령이 아버지뿐만이 아니란 걸 알려주려고 어머니가 일부러 마주쳤다지만, 사실 대부분은 아버지가 계획적으로 어머니 앞에 모습을 드러낸 것이었다. 그러면 어머니는 "이봐요" 하고 아버지를 불렀다. 잘 모르는 관계는 다 "이봐요"로 시작하는지, 어머니도 처음에는 아버지를 그렇게 불렀다. 그러다 조금씩 사이가 가까워지자 "정식 씨" 하고 이름을 불렀다.

사람 앞에만 서면 일단 고개부터 숙이던 아버지는 어머니의 초승달 눈매가 보고 싶어서 용기 내 고개를 들었다. 어머니는 아버지와 눈이 마주치면 한마디라도 꼭 건넸다. 그때마다 아버지의 심장은 기분 좋고 달달하게 떨렸다. 그

떨림은 퇴근을 해야 겨우 잠잠해졌다.

어머니는 정 할 말이 없으면 오늘 날씨 죽이네요, 나 어제 그 드라마 봤어요? 같은 말이라도 했다. 실은 어머니 입장에서 그런 말은 싱겁고, 영양가도 없고, 쓸데도 없었다. 말하기를 좋아하고 할 말을 못 하면 병이 나는 어머니한테 할 말이 없다는 건 말도 안 됐지만, 부끄럼 많은 아버지에게 부담 가지 않는 말을 골라서 하려다 보니 어쩔 수 없었다. 어머니가 본래 성격대로 세게 말했다면 아버지는 그 자리에서 유령이 되고 말았을 것이다. 그런 이유로, 본의 아니게 아버지의 눈에 어머니는 수줍어하는 사람으로 비쳤다. 물론 그건 착각이었다.

그러던 어느 날, 어머니가 팁으로 받은 미술관 티켓 두 장을 흔들며 아버지에게 말했다.

"정식 씨, 이번 주말에 나랑 미술관 갈래요?"

어머니의 '좀 쎈' 데이트 신청이었다. 어머니가 건넨 말 중 가장 부담 가는 말이었지만 아버지는 거절하지 않았다. 비록 답을 주기까지 사흘이나 걸렸지만.

그즈음 호텔 직원들 사이에서는 한 장기 투숙객이 관심의 대상이 되고 있었다. 일주일 전 해외에서 귀국한 노년의 신사는 명품 구두와 중절모에 명품 슈트를 차려입고 나타나 호텔 꼭대기 층 끝방, 1901호에 머물기 시작했다. 그는 호텔에 석 달가량 묵을 예정이었고, 거액의 석 달 치 숙박비는 첫날 이미 지불을 마친 상태였다. 둘째 날에는 비행기에 실려 온 커다란 나무 상자 수십 개가 1901호로 배달되었다. 그는 외출을 거의 하지 않았고, 외부인들만 바쁘게 객실을 들락거렸다.

그에 대한 궁금증이 달아오르자 여러 소문이 나돌았다. 굉장히 유명한 사우디 출신 건축가로 국내 축구 경기장 설계를 맡게 되어 장기 출장을 왔다는 이야기가 아버지 귀에까지 들려왔다. 다음 날에는 그가 세계적인 서커스단의 마술사라고 어머니가 귀띔해줬는데, 커다란 상자 안에는 마술 도구가 들어 있다고 했다. 그다음 날에는 고대 이집트 피라미드를 연구해온 고고학자로서 미라를 국내에 전시하려고 상자에 담아온 거라는 이야기가 퍼졌다. 어떤게 진실인지는 아무도 몰랐다. 다만 밤마다 1901호에서 무언가를 써는 듯한 기괴한 소리가 흘러나온다는 소문만은 사실로 알려졌다.

아버지가 그 미스터리한 장기 투숙객에게 관심을 가진 건, 그가 아버지에게 유령 같은 존재로 여겨져서였다. 직원 중 장기 투숙객을 실제로 봤다는 사람이 아무도 없다는 게 아버지가 그를 유령으로 생각하는 이유였다. 심지어 그 객실에 룸 클리닝을 하러 들어간 청소부도 없었다.

제주도에서 올라온 P 선배를 만나고 돌아왔는데, 누나가 출근해 밀걸레로 매장 바닥을 닦고 있었다. 나는 멈칫하다 가게 문을 열었다. 그러고는 모른 척, 아무렇지 않은 척 매장을 지나 작업실로 들어갔다. 누나 얼굴을 보기가 싫어서 나흘째 집에 들어가지 않고 가게에서 지냈다. 끼니는 편의점 음식으로 대충 해결했다. 청소를 끝낸 누나가 작업실로 들어와 가방에서 주섬주섬 뭔가를 꺼내며 물었다.

"점심은?"

P 선배와는 차만 마셨다.

"아직."

누나가 침대에 올려놓은 건 찬합이었다.

"너 집밥 먹여야 한다고 아버지가 싸줬어. 아버지 오늘 휴무야."

"누나는 뭐 하고?"

"도시락 주러 여기까지 왔잖아."

"일하러 온 게 아니고?"

누나가 나를 째려보며 찬합 뚜껑을 열었다. 아주 정갈하고 정성이 들어간 도시락이었다. 세 끼를 해결할 수 있을 만큼 양도 푸짐했다. 아버지가 나한테 차려준 밥상이었다. 갑자기 아버지가 누나한테 밥상을 차려주며 했던 말이 떠올랐다.

"노라가…… 당분간은 계속 힘들 테니까."

겉으로는 천하태평에 생각 없이 사는 것 같아도 인생의 한 페이지를 실패로 마무리 지은 누나의 속이 마냥 편할 리는 없겠지. 사람의 마음을 알아야 우산도 잘 만든다는 스승님의 말도 생각났다. 가장 가까운 가족의 마음도 헤아리지 못하면서 어떻게 이름도 얼굴도 모르는 사람의 마음까지 알겠는가. 누나는 그저 티를 내지 않는 것이거나 일부러 괜찮은 척하는 거겠지, 생각하며 내가 누나 마음을 몰랐던 것 같다고 하자,

"이혼이 왜 실패야? 지옥 같은 인생의 한 페이지를 짝짝 찢어서 버렸으면 성공이지."

정신 승리다.

누나는 젓가락을 들고 찬합을 자기 쪽으로 바짝 당겨서 밥을 떠먹었다.

"내 밥인데 누나가 왜 먹어?"

"먹어야 일을 하지."

"일, 하긴 할 거야?"

"사실대로 말해. 게으른 손이어도 못 부려 먹으니까 아쉬워 죽겠다고 생각했지?"

누나가 놀리듯 왼손을 흔들며 말했다. 나는 입술을 삐죽

이며 젓가락을 집어 들었다.

"그동안 출근 안 한 일수만큼 월급에서 깔 거니까 그렇게 알아."

"어련하시겠어요, 악덕 강한해 사장님."

누나는 볼이 미어터지도록 우걱우걱 밥을 집어넣었다. 매장 바닥 좀 닦았다고 배가 많이 고픈 모양이다. 역시 사람은 몸을 움직이고 일을 해야 밥맛이 돈다. 누나가 다 먹을까 봐 나도 바쁘게 젓가락질을 했다.

"내 친구 소영이 알지?"

누나가 바닥에 흘린 콩자반을 날름 주워 먹으며 물었다.

"대학교 앞에서 노래방 하는 누나?"

누나의 표정이 갑자기 어두워졌다.

"걔네 할아버지가 바이러스로 돌아가셨는데, 장례식도 못 치르고 바로 화장했대. 임종을 지키기는커녕 입관식도 없이. 얘기 들어보니까 아주 생이별이 따로 없더라. 예의고 절차고 싹 다 없어져버렸어."

우리는 매일 업데이트되는 바이러스 현황을 통해 사망자 수를 확인했다. 솔직히 지금까지는 그 수가 늘어도 크게 와닿지 않았는데, 가까운 사람의 죽음을 생생하게 듣고 나자 바이러스의 일상화가 실감 나서 두려움이 엄습했다.

"게다가 노래방도 영업 제한 업종이잖아. 장사도 못 하는데 임대료는 꼬박꼬박 내야 하니까 죽을 맛인지 이참에 가게 접기로 했대. 그러면서 너보고 부럽다더라."

정작 부러운 건 누나 같았지만, 차마 그 말은 하지 못했다. 사실 주변 사람들은 대부분 내 직업을 부러워한다. 스승님의 전성기 시절에는 못 미치지만 수입 면에서도 그리 나쁘지 않다. 전국에 가게가 두 군데뿐이라 귀한 명품으로 인식돼서 한 달에 열 자루만 판매해도 웬만한 직장인 월급 수준이다.

"친구 얘기가 나와서 말인데."

나는 찬합을 내 쪽으로 끌어당기며 말했다.

"다른 건 다 인정하겠는데, 나보고 친구 하나 없다고 했던 말은 취소해."

"사실이잖아. 네가 전화하면 지금 당장 달려올 친구 몇이나 돼?"

"셋은 돼."

"셋이나 하나나."

"셋이 왜 하나랑 같아? 그러는 누나는?"

"셋보단 많아."

"하긴 누나는 이십 대 때 공부도 안 해, 일도 안 해, 맨날 친구들하고 싸돌아다니기만 해서 많긴 하겠다. 근데 많으면 뭐 해, 어려운 일 생겼을 때 당장 달려와줄 친구가 있느

117

냐가 중요하지."

"너보단 많다니까."

누나가 젓가락으로 내 젓가락을 치자 쨍, 하는 소리가
났다. 우리는 서로를 앙칼지게 노려본 뒤 한동안 말없이
도시락만 먹었다. 찬합 바닥에 진득하게 고여 있는 멸치볶
음 양념을 젓가락으로 긁으며 내가 먼저 입을 열었다.

"사실 난…… 누나가 아버지랑 내 옆에 좀 오래 있어줬
으면 싶었어. 누나가 결혼하면서 우릴 버렸다는 생각이 들
었어. 그래서 많이 밉고 원망스러웠어. 자기밖에 모르는
사람 같아서."

물론 잘 알고도 있었다. 그해 찾아온 가을의 공포가 누
나의 판단을 흐리게 했다는 것을. 가을이 불안한 마음을
다급하게 부추겨서 누나를 결혼이란 낭떠러지로 떠밀어
버렸다는 것을. 준비도 마음의 각오도 없이 높은 데에서
떨어졌으니 여기저기 긁히고 찢기는 건 당연했다.

"근데, 매형 이빨 사이에 낀 고춧가루랑 셔츠 사이로 삐
져나온 털 한 가닥이 그렇게 지옥이었어?"

누나가 내 얼굴을 물끄러미 쳐다봤다.

"지옥 같은 페이지였다며, 결혼이."

누나는 한숨을 푹 내쉬었다.

"부부란 말이다, 한낱 고춧가루랑 털 한 가닥 따위로 이

혼이란 거대한 강을 건너는 게 아니란다."

"그게 결정적인 이유라고 했잖아."

"쌓이고 쌓여 고작 고춧가루랑 털 한 가닥에 정나미가 뚝 떨어지고 꼴도 보기가 싫어지는 거지."

"그럼 쌓였던 지옥은 뭔데?"

맘 잡고 사람을 찌를 때처럼 누나가 갑자기 젓가락을 주먹으로 쥐며 "시댁 인간들!"이라고 말했다.

"시어머니란 사람들은 어쩌면 그렇게 하나같이 며느리를 못 잡아먹어 안달일까? 아주 자기 아들이랑 잘못되길 학수고대하며 사는 것 같아. 엄마 같은 시어머니에 딸 같은 며느리? 눈 씻고 찾아보라지, 세상에 그런 고부 사이가 존재하는지. 때리는 시어머니보다 말리는 시누이가 더 밉다고, 시누이들은 또 얼마나 못돼 처먹었게. 자기 시누들한테 당한 짓을 나한테 똑같이 하면서 시댁 스트레스를 풀었다니까. 그러고는 나한테 한 짓들은 생각 않고 명절 때 모였다 하면 시누들 흉을 오지게도 봐요."

누나는 세상의 모든 시누이는 한데 모아 땅에 파묻어야 한다고 열을 올렸다.

"그럴 때 남편이란 작자가 중간 역할을 잘해야 하는데, 그 인간은 내 편은 눈곱만큼도 안 들고 맨날 다 내 잘못이고 내가 모든 문제의 원흉이래."

누나가 어금니를 깨물었다.

"게다가 시댁 갈 일은 왜 그렇게 자주도 찾아오는지. 생일, 명절, 기제사, 시제사. 시부모 결혼기념일까지 챙기는 게 말이 된다고 생각하니?"

누나는 삼 년 동안 시가 인간들한테 맛본 지옥의 세계를 욕까지 섞어 가며 적나라하게 털어놨다. 그동안 어떻게 참았나 싶을 정도로 쌓아뒀던 이야기와 가슴에 맺힌 분노를 폭포수처럼 쏟아냈다. 사흘 밤낮으로 들어도 시간이 모자랄 것 같았다.

"왜 나한테 말 안 했어?"

누나는 명절 때 집에 와서도 시가 얘기는 한마디도 하지 않았다. 며칠 굶은 사람처럼 밥만 먹어댔다.

"걱정할까 봐. 아버지도 그렇고."

누나처럼 나도 젓가락을 주먹으로 잡았다.

"시댁 갈 때마다 거의 항상 굶었어."

"그 인간들이 밥까지 굶겼어?"

"아니, 음식이 도저히 입에 안 맞아서. 맵고 짜고 느끼한 건 기본이고 비릿한 데다 조미료 범벅인 음식들. 사람은 사람대로 힘들게 하고, 음식은 음식대로 힘들게 하더라. 밥 못 먹는 거에서 그치면 다행이게. 처먹는 손모가지 따로, 설거지하는 손모가지 따로. 그 인간들이 나한테 붙여준 별명이 뭔 줄 알아? 식기세척기. 애도 없고 집에서 팽팽 노니까 설거지라도 해야 된다며."

누나가 아버지가 만든 반찬을 물끄러미 쳐다봤다. 시가 음식이 입에 안 맞았던 누나는 밤에 몰래 나가 편의점에서 컵라면으로 끼니를 때웠다고 했다.

"시댁은 멀수록 좋다던 친구들 말이 이해되더라. 자기 아들 한 끼라도 굶을까 봐 사흘돌이로 반찬 싸들고 쳐들어오는데 돌아버리는 줄 알았어. 전에 준 반찬 한 톨이라도 버렸는지 음식물 쓰레기통까지 뒤져서 일일이 확인하고. 나중에는 이게 내 집인지 시댁인지 분간도 안 가더라. 더는 참기 힘들어서 찾아오지 말란 뜻으로 현관문 비밀번호를 바꿨더니 그것 때문에 또 한바탕 난리가 났지."

다 듣고 나자 누나의 이혼은 성공이란 생각이 들었다. 저 성질머리에 삼 년도 많이 버틴 것 같았다. 한편으로는 궁금해졌다. 어머니가 안 계시니 우리 집에는 시어머니 노릇할 사람도 없고, 아버지가 시아버지 노릇을 할 사람도 아니다. 남은 건 누나뿐이다. 그래서 슬쩍 물었다.

"그럼 누난, 내가 결혼하면 내 아내한테 시누이 노릇은 안 하겠네?"

누나가 다시 볼이 미어터지게 밥을 먹으며 대답했다.

"다 자기 하기에 달린 거지, 뭐."

관계란 도무지 풀기 어렵고 알 수도 없는 방정식인 걸까. 아무래도 내 미래 신부를 지옥으로부터 지켜내기 위해서라도 결혼을 단념해야 할 것 같았다.

소문

나의 생활은 느리다. 하루에 우산 세 자루밖에 못 만들 정도로 느리지만 그래도 시간은 빠르게 간다. 바쁜 도시에 수공예 우산은 어울리지 않을지 모른다고 생각할 때도 있다. 도시에 걸맞은 우산은 공장에서 바쁘게 찍어내는 우산이라고. 빨리 고장 나면 빨리 잊고 빨리 다시 살 수 있는 기성품 우산. 그래서 사람들은 우산을 미리 장만해두지 않는다. 계획하거나 염두에 두지도 않는다. 평소에는 관심도 없다가 비가 오면 그제야 겨우 어디에 처박아뒀는지 기억해낸다.

이렇게 우산이란 필요한 상황이 닥쳐야만 급하게 사는 물건이 된 지 오래다. 길을 걷다 비가 오면 우산을 팔 만한 곳으로 들어가 사는 물건. 편의점에 들러 생수나 컵라면을 사듯 어디서든 쉽고 간편하게 살 수 있는 것. 그래서 쓰고 난 후에도 쉽고 간편하게 잊히는 인스턴트 같은 것. 요즘은 아예 우산을 일회용 취급해서 두어 번 쓰고 버리기도 한다. 게다가 자주 잃어버린다. 잃어버려도 굳이 찾지 않는다. 두어 번 쓰고 버리는 건 금방 고장 나서고, 자주 잃어버리는 건 사은품이나 기념품, 판촉물로 거저 얻은 우산이기 때문이다.

스승님이 전성기를 누렸던 시대에 비하면 수공예 우산의 입지는 확실히 줄어들었다. 대량 생산되는 저가 우산의 시장 규모가 커져서다. 그런데도 스승님은 장인답게 자신의 고집을 꺾지 않고 한길만 걸었다. 그 길이란 고전적인 형태의 아날로그 장우산 제작이다. 스승님은 우산의 미학을 표현할 수 있는 최적의 형태는 장우산이라고 생각했다. 우산이 가진 아름다운 선을 최대한 살릴 수 있고, 그 아름다움을 오랫동안 간직할 수 있는 장우산. 내 가게에 자동식과 접이식 우산이 없는 이유다.

자동식이나 접이식 우산은 장우산에 비해 접고 펼 때 충격이 한 번 더 가고 더 많이 움직인다. 버튼을 누르면 우산대가 자동으로 빠져나오는 자동식과 우산살을 꺾어서 접어야 하는 접이식. 특히 접이식은 손이 한 번 더 가는 귀찮음 때문에 함부로 다루게 된다. 그러다 보면 본연의 선은 훼손되고, 없던 선이 엉뚱한 곳에 생겨서 모양이 금세 망가진다. 충격과 움직임이 더해지는 만큼 고장도 잦다. 물론 사용과 소지가 간편하다는 장점은 있다. 하지만 편리함을 얻으면 반드시 다른 무언가를 잃거나 주어야 한다고 스승님은 말했다. 우리가 주지 않으려 해도 잠든 사이 몰래 가져가기도 한다고. 어떤 건 우리와 전혀 상관없어 보이지만 결국은 나비의 날갯짓처럼 돌고 돌아 우리에게 영향을 미친다고.

그러나 이제는 변화와 수용이 불가피해 보인다. 스승님이 오랜 세월 지켜온 원칙을 이어가는 것도 좋지만 시대의 변화를 읽고 따를 필요도 있다고 생각한다. 중요한 건 명맥을 유지하는 것이므로, 변화를 두려워해서는 안 된다고도. 다만 P 선배와 나는 당장 자동식과 접이식 우산까지 제작하기는 어렵다고 판단해서 우선 양산부터 만들기로 했다. 기후 위기로 햇볕이 강해져 사람들이 양산을 많이 필요로 할 것이고, 남성들도 양산을 쓰는 시대가 올 것이니 말이다. 앞으로 할 일이 더 많아진 것이다.

제작 노트와 스승님한테 도제 수업을 받았을 때의 기억을 떠올리며 견본으로 양산을 만드는 중이다. 양산은 여성

이 주로 사용해서 원단은 화려한 편이고, 크기는 우산에
비해 좀 작다. 레이스나 프릴 등 다양한 장식을 달기도 한
다. 우산이 비 오는 날 패션아이템이 되듯, 양산은 햇볕 쨍
쨍한 날 패션아이템이 된다. 바로크풍 양산은 팔에 걸고만
있어도 우아해 보이고, 심플한 양산은 단정한 스타일에 품
위를 더해줄 것이다.

양산을 만드는데 갑자기 어머니 생각이 났다. 어머니가
양산을 쓴 모습을 본 적이 있었던가. 없다. 어머니는 양산
을 가지고 다니지 않았다. 나도 우산을 만들어준 적은 있
어도 양산을 선물한 적은 없다. 만들어줄 생각조차 못 했
다. 어머니가 태양보다 뜨거운 여성이라고 생각해서였을
까. 무엇보다 어머니는 그걸 들고 다니는 게 거추장스러워
서 얼굴 좀 타면 어때, 하며 장만하지 않았을 것이다.

어머니는 늘 굳세고, 부러질지언정 구부러지지 않는 사
람이라 공격을 많이 받았다. 호텔에는 어머니의 탁월한 리
더십을 인정하고 따르는 사람들이 있는 반면, 잘난 척에
나댄다며 삐딱하게 바라보는 부류도 있었다. 비록 서너 명
에 불과했지만 그들은 호텔 경영진과 한통속이 돼서 어머
니가 추진하는 일마다 훼방을 놓았다. 어머니의 리더십에
흠집을 내고 곤경에 빠뜨리려고 계략을 짜기도 했다.

어느 날, 반대파는 어머니에 대한 나쁜 소문을 호텔에

퍼뜨리고 다녔다. 학창 시절부터 평판이 좋지 않았다, 행실도 불량하기 짝이 없었다, 그 바닥에서 이름난 문제아였다, 담임한테 듣도 보도 못한 쌍욕을 퍼붓고 퇴학당했다, 부모마저 업신여겨서 가출까지 했다 등등. 보통내기가 아니라서 가깝게 지냈다간 골치 아픈 일에 엮일 거라는 요지의 소문이었다. 물론 소문에는 사실도 있었지만 지어냈거나 부풀려진 이야기가 훨씬 많았다. 학교폭력을 일삼는 무리의 우두머리였다, 본드에 취해 살았다, 손버릇이 안 좋았다, 임신중절수술을 받았다, 자살 시도를 했다 등등.

어머니는 정면 돌파로 대항했다. 모든 메이드가 모이는 조례 시간에 연단으로 나가 자신을 둘러싼 소문에 관해 쩌렁쩌렁한 목소리로 조목조목 반박했다. 어디까지가 사실이고 어디까지가 거짓인지 논리적으로 설명하고 다른 사람들의 이해를 끌어냈다. 그리고 이 한마디로 조례를 끝마쳤다. 사실이 아닌 이야기를 퍼뜨린 자는 반드시 찾아내 주둥이를 찢어놓겠다고. 물론 진짜 입을 찢어놓겠다는 의미가 아니라 원칙과 절차에 따라 합당한 징계를 받게 하겠다는 것이었다.

한번은 이런 일도 있었다. 투숙객이 십 캐럿짜리 다이아몬드 반지를 객실에 두고 체크아웃을 했다며 호텔에 분실신고를 했다. 손님들이 물건을 놓고 가는 경우가 허다해서 호텔에서는 하루에도 수십 개의 분실물이 나왔다. 휴대폰부터 속옷, 신발, 음식, 보청기까지 종류도 다양했다. 객실에서 분실물이 나오면 메이드는 일단 담당 부서에 보고해두고, 분실물은 한데 모아 업무 마감 후 담당 부서로 일괄 전달한다. 담당 부서는 봉투에 물건을 담아 발견된 장소, 시간, 물품명을 적어 분실물 센터에 넘긴 다음 분실물 대장에도 기록한다. 보관 기간은 육 개월에서 일 년이고, 일 년이 지나도록 찾아가지 않으면 폐기 처분한다.

고객이 반지를 분실했다는 곳은 당일 아침 어머니가 담당했던 객실이었다. 그러나 어머니는 룸 클리닝 중 반지를 보지 못했다. 해당 객실 호수가 적힌 쓰레기봉투까지 샅샅이 뒤졌지만 반지는 나오지 않았다. 반대파들은 이때다 싶어 어머니가 훔친 거라고 떠들어대며 어머니를 궁지로 몰아넣으려고 했다. 답답하고 억울했던 어머니는 다시 객실로 가 가구를 전부 들어내고 변기 안에까지 손을 집어넣었다. 하지만 반지는 어디에도 없었다.

그런데 그날 오후, 어머니의 구원자가 나타났다. 바로 아버지였다. 오전에 같은 객실 바닥에 쏟은 커피 자국을 지우러 갔다가 침대 사이드 테이블 밑에 떨어져 있는 반지를 발견한 것이다. 아버지는 그것을 일단 주머니에 넣어두고 일을 계속했다. 그리고 연이은 호출에 반지를 습득했

128

다는 사실을 까맣게 잊고 있다가 애가 타고 있을 어머니의 소식을 전해 들었다.

억울한 누명을 벗은 어머니는 고마움을 전하려고 아버지를 찾아 호텔을 돌아다녔다. 그때도 아버지는 사람들 눈에 띄지 않으려고 숨고 숨어 열심히 바닥 청소를 하고 있었다. 어머니는 그날, 아버지가 다른 사람들 눈에는 안 보여도 자기 눈에는 항상 보였으면 좋겠다고 생각했다. 그래서 유령처럼 소리 없이 다가가 아버지 앞에 쭈그리고 앉으며 말했다.

"정식 씨가 있어서 도둑 누명을 벗었어요. 고마워요."

아버지는 바닥을 문지르다 말고 부끄러워하는 표정으로 대답했다.

"잘됐습니다…… 다행입니다…… 좋아하니까요."

어머니의 예상을 깨고 아버지가 먼저 고백을 한 것이다. 아버지가 고개를 숙이려고 하자 어머니는 기습적으로 입을 맞추었다. 아버지는 깜짝 놀랐지만 눈을 감은 채 그대로 있었다. 누가 보지 않을까란 두려움과 걱정 따위가 없어서였다. 유령이니까 아무한테도 안 보일 거라고 믿었다. 누구도 방해하지 못할 거라고 확신했다. 아버지는 입술의 감촉을 느끼며 유령이라서 좋다, 라고 처음으로 생각했다. 예전에는 단순히 마음이 편해서 좋았다면 지금은 마음이 설레어서 좋았다.

입맞춤을 마치고 난 어머니의 얼굴은 석류알처럼 붉어져 있었다. 어머니가 살면서 느낀 두 번째 부끄러움이었다. 첫 번째 부끄러움이 수치심이었다면 두 번째 부끄러움은 수줍음이었다. 어머니는 그때 부끄러움 밑으로 얼마나 많은 하위 감정이 가지를 뻗고 있는지 깨달았다. 절대 혼동되어서는 안 되고, 비슷하다고도 볼 수 없는 감정들이 마치 같은 듯 부끄러움 아래 모여 있다는 것을. 수치심과 수줍음이 어떻게 하나의 부끄러움으로 묶인단 말인가. 수치심은 결코 부끄러움이 될 수 없었다. 그날부터 어머니의 국어사전에는 수줍음만이 부끄러움 아래 남게 되었다.

아버지는 어머니를 만나고 어머니와 숨어 다니며 일하는 게 즐거웠다. 아니, 숨어 다니며 연애하는 게 행복했다. 사람들에게 들키지 않는 것만큼은 자신 있었던 아버지는 한 번도 남들 눈에 띄지 않고 어머니와 손을 잡고 입을 맞추었다. 아버지한테는 행운의 시작이었던 호텔 청소부라는 직업. 그 직업이 가져다준 아버지의 첫 번째 운이 바로 어머니였다.

구원

양산은 그렇지 않은데, 언제부턴가 우산을 만지고 바라볼 때마다 찌릿한 통증이 가슴 한복판을 훑고 지나갔다. 그러면 어김없이, 살기 위해 우산을 펼치고 높은 곳에서 뛰어내렸던 사람이 떠올랐다. 우산이 낙하산이 되어줄 거라 믿었던 한 사람이. 요즘 들어 잠을 자면 그 믿음이 현실이 되는 꿈을 자주 꾼다. 잠이 오지 않을 때는 그 사람이 우산을 쓰고 안전하게 바닥으로 착지하는 장면을 자주 상상했다. 우산이 단순히 비를 막아주는 게 아니라 누군가를 살리는 도구가 될 수 있을까.

우산이 진짜 낙하산이 될 수 있다면?

나도 모르게 질문을 던지고 뒤를 돌아봤다. 누나가 퇴근했다는 걸 잊고 있었다. 일이 손에 잡히지 않아서 자리를 정리하고 일어났다. 후드득, 후드득. 오후에 소나기 예보가 있더니 빗방울이 유리창을 두드리는 소리가 들렸다. 뒤이어 우산 종을 울리며 누군가가 다급히 가게로 들어왔다. 나는 종소리로 누가 왔는지 바로 알아차렸다. 소나기를 피해 뛰어왔는지 봐요 씨가 숨을 몰아쉬며 머리와 어깨에 묻은 빗물을 손등으로 털어내고 있었다. 가방을 메고 작업실에서 나오는 나를 보며 봐요 씨가 애써 밝은 표정으로 말했다.

"퇴근하는 길에 불이 켜져 있길래. 갑자기 비도 오고 해서요. 한해 씨도 이제 퇴근하나 봐요."

봐요 씨는 우산을 사려고 들렀다며 벽에 걸린 우산과 하단의 긴 가로대에 진열된 우산 들을 꼼꼼하게 구경했다.

"디자인이 다양해서 하나만 고르기가 너무 어렵네요."

"그럼 두 개 고르면 되죠."

농담이었는데 봐요 씨는 진지하게 받아들였다.

"두 개 사버리면 다음에 또 못 오잖아요."

봐요 씨가 우산 손잡이를 이것저것 잡아보며 말했다. 그러고는 덧붙였다.

"근데 어느 걸 골라도 후회할 것 같진 않아요. 다 멋지고 훌륭해서."

봐요 씨는 계속 우산만 쳐다봤고, 나는 그런 봐요 씨를 쳐다봤다. 고즈넉한 풍경을 멀리서 감상하듯이. 서글서글한 눈매와 다부진 입술, 자기중심적인 코가 조화를 이룬 봐요 씨의 얼굴은 사교적인 인상을 풍겼다. 상냥한 듯 근엄하면서도 경우에 따라 거리낌 없고 거침없는 태도가 상대를 압도할 것 같은 분위기도 느껴졌다. 섬세하지만 우유부단하지는 않고, 가끔씩 속수무책으로 무모해지는 걸 즐기지만 즐기고 나서는 과거를 돌아본다거나 후회하지 않을 사람으로 보였다. 그러나 우산 앞에서는 어떤 걸 골라야 할지 고민되는지 표정이 복잡해졌다. 도움이 필요할 것 같아 갈고리 달린 막대로 벽을 짚으며 제품 설명을 해주었다.

"이 제품은 저렴하고 심플해서 젊은 사람들이 선호해요. 우산을 패션의 연장이라고 생각하는 사람들은 색깔별, 디자인별로 갖고 있기도 해요. 구두처럼요."

봐요 씨는 자못 신중하게 내 설명을 들었다. 벽에서 우산이 하나씩 내려지고, 봄꽃처럼 매장 가득 우산이 피었다 지기를 반복하자 선택 폭이 점점 좁아졌다. 오랜 고민과 모색 끝에 봐요 씨는 단풍나무 손잡이가 달린 쪽빛 우산을 골랐다. 나는 우산을 상자에 담아 포장하며 말했다.

"우산을 고장 없이 오래 사용하려면 관리가 중요해요.

쓰고 나서 보통은 손잡이가 위로 가게 세워두는데, 꼭지가 위로 가게 해야 돼요. 그래야 꼭지에 물이 고이지 않아서 우산대가 녹슬지 않아요. 사용 후에는 수돗물로 한 번 헹궈주는 것도 좋아요. 꼭 완전히 펴서 말리시고요. 얼룩이 묻었을 때는 매니큐어 지우는 아세톤으로 문지르면 깨끗해져요. 방수 기능이 떨어졌다 싶으면 백반 가루를 갠 따뜻한 물을 겉면에 발라주세요. 코팅 효과가 생겨서 빗물이 새는 걸 막을 수 있어요."

우산의 장수 비결을 한 가지씩 꺼내놓을 때마다 봐요 씨는 아, 하며 고개를 끄덕였다.

"근데 그렇게 다 알려주면 장사가 되겠어요?"

나는 포장을 마친 상자를 종이 가방에 담아 봐요 씨에게 건넸다.

"전 제가 만든 우산이 주인 곁에 오래 머물렀으면 좋겠어요."

봐요 씨와 나의 눈이 처음으로 똑바로 마주쳤다. 봐요 씨가 오른쪽 이마를 가리고 있는 머리카락을 귀 뒤로 넘기며 물었다.

"안 했으면, 같이 저녁 식사할래요?"

소나기라더니 비는 좀처럼 그치지 않았다. 봐요 씨가 모는 지프가 빗길을 천천히, 부드럽게 달렸다. 봐요 씨의 단골 레스토랑까지는 꽤 멀었지만, 이상하게 출발할 때부터 그 먼 길이 지루하지 않을 것 같은 느낌이 들었다. 설사 어색함과 불편함이 있더라도 다시 겪고 싶지 않을 종류는 아닐 것 같았다.

"지난번에 편의점 두유만 달랑 사드린 게 마음에 걸려서, 꼭 제대로 된 식사 대접을 하고 싶었어요."

봐요 씨가 사이드미러를 쳐다보며 말했다.

"식사하자고, 들르신 거예요?"

"뭐, 겸사겸사요. 우산도 사고요."

신호에 걸려 차가 횡단보도 앞 정지선에 멈췄다. 그러자 비 내리는 소리가 더 크게 들렸다. 우산을 쓴 사람들이 횡단보도 양쪽으로 엇갈리며 지나갔다. 같은 가게에서 산 것처럼 우산이 모두 똑같아 보였다.

"언니가 한해 씨 우산을 정말 좋아했어요. 좋아해서 좋아하는 사람들한테 선물도 많이 했고요."

"알아요. 가게에 자주 들르셨고, 우산을 사실 때마다 항상 누구한테 선물할 거라는 말씀도 잊지 않으셨거든요."

"그랬군요."

내가 기억하는 언니의 모습에 봐요 씨가 고맙다는 듯 웃으며 차를 다시 출발시켰다.

"언니가 한해 씨 우산을 좋아한 이유는, 공장에서 붕어빵처럼 찍어내는 우산이 아니기 때문이었어요. 근데 그 이유만은 아니었겠다는 생각이 오늘 들었어요. 한해 씨 우산에서 자부심이 느껴졌어요."

빗줄기는 조금씩 가늘어졌다.

"하고 많은 것 중에 왜 우산을 선물하냐니까…… 자기가 좋아하는 사람들이 우산을 쓸 때 자기를 기억해달라는 의미라더군요. 365일 기억해주면 좋겠지만 다들 살기 바빠서 그러지는 못할 테니까, 비 오는 날만이라도요."

"그런 뜻이 있었군요."

"근데 언니가 잘못 생각한 것 같아요. 비 오는 날 언니를 기억하려니 더 우울해져서 비가 안 왔으면 싶거든요. 아, 미안해요. 한해 씨는 비가 와야 좋은 사람인데."

"이해해요."

봐요 씨의 차가 과속방지턱을 조심스레 지나갔다.

"어느 날은 언니한테 따진 적이 있어요. 좋아하는 사람한테 우산 선물을 한다면서 왜 나한테는 안 하냐고. 난 안 좋아하는 거냐고."

"뭐라셨어요?"

"곧 사주겠다고. 그러고 나서…… 일주일 후에 사고가 났어요."

우산을 만지고 바라볼 때마다 가슴 한복판을 훑고 지나가던 통증이 찌릿, 하고 다시 느껴졌다. 이번에는 미간이 구겨질 정도였다.

"언니는 없는데 언니가 쓰던 물건만 그대로인 것도 이상했어요. 물건은 사람보다 위대해서일까, 그런 생각도 들었고요."

"살아 있는 게 아니잖아요, 물건은. 영혼이 없잖아요. 그래서 오래 남는 거예요."

어머니를 떠나보내고 나도 비슷한 생각을 했다. 장례식을 마치고 집으로 돌아왔을 때, 또 한 번의 장례식이 우리를 기다리고 있다는 걸 깨달았다. 어머니가 쓰던 물건들을 바라보는 일과 그것들을 정리하는 일. 그것은 어머니의 육신을 화장하는 것만큼이나 고통스러운 과정이었다. 그러니 물건은 살아 있는 게 아니라거나 영혼이 없다는 건 순 거짓말이다. 한 사람의 인생과 오랜 세월 함께한 물건들에는 생명이 스미고 영혼도 깃든다. 그래서 사람들은 사랑하는 사람이 썼던 물건을 쉽게 버리지 못한다. 주인이 떠나도 물건은 오래 남겨진다. 봐요 씨처럼 망가진 것을 고쳐서라도 되살려놓기도 한다.

떠나간 이의 물건을 버리지 못하는 가장 큰 이유는 냄새가 아닐까. 사람은 죽고 없지만 그의 체취는 물건에 고스

란히 남아 있기에. 어떤 물건에는 아주 짙고 오래 남아서 감히 닦을 수도 빨 수도 없다. 함부로 만질 수조차 없다. 혹시라도 만졌다가 귀한 냄새가 달아날까 봐 그냥 두고 쳐다만 본다. 봐요 씨가 언니의 우산을 이 년 동안 부러진 모습 그대로 둔 것도 그래서였을 것이다. 부러진 우산을 들여다보는 게 괴로워서 고치기로 마음먹기까지 시간이 필요하기도 했겠지만 잘못 건드렸다가 언니의 냄새가 사라질까 봐, 손때라도 지워질까 봐 두렵기도 했을 것이다.

"한해 씨."

봐요 씨가 전방을 주시하며 내 이름을 가만히 불렀다. 나는 고개를 돌려 봐요 씨를 쳐다봤다. 머리카락에 가려서 봐요 씨의 오뚝한 콧날만 보였다.

"언니가 좋아하는 우산을 만든 사람이 누굴까 늘 궁금했어요."

봐요 씨는 주저하다 말을 이었다.

"찾아가서 나이 지긋한 어른이면 존경하고, 중년이면 친구를 하려고 했어요."

어느새 비가 그쳤다.

"근데 짐작도 못한 젊은 남성분이었어요."

빗물을 닦아내던 와이퍼도 멈췄다.

"나이 지긋한 어른이 아니라서 존경할 수도 없고, 중년이 아니니 친구 하기도 어려워요. 그래서."

봐요 씨의 말이 끊기자 나는 어깨를 살짝 운전석 쪽으로 틀며 물었다.

"그래서요?"

"좋아하려고요."

"네?"

깜짝 놀라 나도 모르게 안전벨트를 움켜쥐었다.

"왜요?"

"그러고 싶으니까요."

농담인 듯 아닌 듯 봐요 씨가 음침하게 웃었다.

"고맙다고요. 언니의 마지막을 함께해줘서요."

마지막을 함께했지만 봐요 씨 언니한테 우산은 한 가닥 구원이었을 텐데.

그사이 푸른빛으로 환하게 불을 밝힌 봐요 씨의 단골 레스토랑 간판이 저 멀리 보이기 시작했다.

어머니가 다이아몬드 반지 분실 사건에 휘말려 억울한 누명을 썼던 것처럼, 아버지한테도 일주일 후 비슷한 사건이 일어났다. 아버지는 여느 때처럼 호출을 받고 청소 도구를 챙겨 객실로 올라갔다. 룸 주인이 육개장을 먹다 그릇째 엎질러서 건더기와 시뻘건 국물이 사방으로 튀어 있었다.

얼룩을 완벽하게 지우려면 시간이 필요한 데다 체크아웃한 룸이 아니라서 서두르기까지 해야 하는 상황이었다. 아버지는 최대한 빨리 끝내려고 손으로 건더기를 긁어낸 다음 바짝 엎드려 얼룩에 집중했다. 그러는 사이 몸에서 흘러나온 땀이 작업복을 흥건하게 적셨고, 이마에 맺힌 땀방울은 지워야 할 얼룩 위로 비 오듯 쏟아졌다. 하지만 심한 오염 탓에 청소가 간단치 않아서 손님이 돌아올 시간이 되고 말았다. 청소에 열중하느라 아버지는 객실 문이 열리는 소리도 듣지 못했고, 룸 주인이 들어온 것도 몰랐다.

사십대 남자 투숙객은 술에 취해 있었다. 남자는 흐느적거리며 열심히 바닥을 문지르고 있는 아버지를 뒤에서 잠자코 지켜보다 시비를 걸었다. 남의 방에 몰래 들어와서 뭐 하는 짓이냐, 당장 꺼져라, 물건 하나라도 없어졌으면 가만 안 두겠다. 처음에 아버지는 자신의 존재를 들켰다는 사실에 당황했다. 그러나 곧 그런 걸 따질 계제가 아님을 깨달았다. 아버지는 카펫에 엎질러진 육개장 국물을 닦는 중이었다고 설명했지만 남자는 막무가내로 아버지를 무단침입자로 몰아세웠다. 급기야 손님은 왕인데 육개장 좀 엎을 수도 있지! 하며 아버지의 다리를 있는 힘껏 걷어차서 넘어뜨렸다. 그러고는 쓰러진 아버지를 향해 계속 발길질을 했다. 아버지는 몸을 웅크린 채 소리도 내지 않고 두

팔로 머리를 감쌌다. 남자는 취기 때문에 헛발질을 하다 넘어져서 티브이 장에 이마를 찢었다. 새빨간 피가 남자의 얼굴을 타고 흘러내려 카펫으로 뚝뚝 떨어졌다.

술이 깨고 제정신으로 돌아온 남자는 찢어진 자기 이마를 보고 격분했다. 그는 아버지가 자신을 떠밀어 상해를 입혔다며 호텔 측에 병원비와 정신적인 피해보상, 아버지의 해고를 요구했다. 아버지는 무고를 주장했지만 그것을 뒷받침할 만한 목격자나 증거가 없었다. 남자는 아버지를 폭행치상죄로 고발하겠다고 으름장까지 놓았다. 스물셋. 어린 아버지한테는 청천벽력 같은 사건이었다. 누구보다 호텔 청소부 일을 좋아했기에 아버지는 절망에 빠졌다. 유령 신분으로 일할 수 있는 직장을 어디서 또 구하겠는가. 그보다도 호텔을 관두면 어머니를 만날 수 없다는 게 아버지를 더욱 암담하게 만들었다. 어머니는 해고의 불안에 시달리는 아버지를 다독이며 도움이 될 만한 방법을 찾아나섰다. 그리고 사흘 후, 기적에 가까운 일이 일어났다. 아버지의 구원자가 나타난 것이다.

구원자는 사건이 벌어졌던 객실 옆방에 투숙 중이던 사람이었다. 1901호의 유령, 장기 투숙객. 옆방에서 들려오는 소리에 놀란 그는 허겁지겁 방을 나와 열린 문으로 구타 장면을 전부 목격했다. 그리고 저항 한 번 없이 투숙객에게 맞기만 한 아버지를 위해 자신이 본 것을 있는 그대로 증언해주었다. 어떤 대목에서는 몸으로 직접 시범을 보여주기도 했다. 너무 구체적이라 이마가 찢어진 남자도 반박할 수 없었다. 그러나 모든 사실이 밝혀졌는데도 남자는 손님이란 이유로 아버지에게 끝까지 사과 한마디 하지 않았다. 아버지는 억울한 누명을 벗고, 해고와 소송에서 벗어났다는 것에 만족해야 했다. 또 한 가지, 그동안 한 번도 모습을 보이지 않았던 '그'의 등장으로 미스터리한 소문의 진실을 알 수 있게 된 것에도.

아버지한테 그는 호텔에서 쫓겨나지 않게 해준, 생명의 은인이나 다름없었다. 아버지는 그에게 고마움을 전하고 싶었다. 그때만큼은 유령의 신분을 잊고 그를 만날 수 있을 것 같았다. 아니, 그래야만 했다. 그는 아버지가 한 치의 고민과 망설임 없이, 부끄러움도 없이 먼저 찾아가 만난 사람이었다. 어머니가 아버지에게 먼저 다가와준 사람이라면 그는 아버지가 먼저 다가간 최초의 사람이었다. 어머니 말고도 자신의 존재를 들켜도 되는 예외적인 사람. 그는 청소부라는 직업이 가져다준 아버지의 두 번째 운이었다.

다시

　단체 손님이 다녀간 가게는 마치 폭풍우가 휩쓸고 지나
간 자리 같았다. 두 시간가량 북적였던 가게가 조용해지자
나는 눈을 감고 고요의 물결에 귀를 담갔다. 북적임이 갑
자기 사라진 순간이 좋으면서도 싫고, 싫으면서도 좋았다.
양가감정을 흘려보내려면 시간이 필요했다. 이것은 가게
를 차리고 겪게 된 증상이다. 스승님도 비슷한 얘기를 한
적이 있다. 우산이 자기 손을 떠나는 게 기쁘지만 정작 떠
나고 나면 몸에 구멍이 숭숭 뚫린다고. 이럴 때는 일을 해
야 한다. 우산의 빈자리를 새로운 우산으로 다시 채우면
된다.
　열 명이나 되는 손님을 응대하느라 지친 누나가 침대에

누우며 말했다.

"손님들이 한꺼번에 다녀가니까 매장에 구멍이 숭숭 뚫렸어."

"또 야근이지, 뭐."

나는 정신없이 손을 움직이며 대답했다.

"한해야."

지금까지 한 번도 들어본 적 없는 진지한 목소리로 누나가 나를 불렀다. 불러놓고 한참 동안 말이 없어서 뒤를 돌아봤다. 누나는 깊은 생각에 잠겨 있었다. 그 또한 처음 보는 모습이라 낯설고 불안했다. 그러나 누나는 이제부터라도 깊이 생각하고 살아갈 필요가 있다. 그것이 이혼 후 생긴 변화라면, 이혼이 실패가 아니라는 증거가 될 것이다. 나는 더 깊이 생각하라고 대꾸 없이 하던 일에 집중했다. 그러자 누나가 다시 불렀다.

"있지, 한해야."

먼젓번보다 묵직하고 진지해서 무서울 지경이었다.

"뭔데. 뜸 좀 그만 들이지?"

누나가 침대에서 일어나 자세를 바로잡고 앉는 소리가 들렸다.

"나, 우산 다시 해볼까?"

나는 입을 벌린 채 뒤돌아 누나를 쳐다봤다. 누나는 그냥 하는 말이 아니라는 표정이었다.

"어떻게, 생각해?"

누나는 나와 같이 스승님 밑에서 도제 수업을 받았다. 당시 누나는 중학교 3학년이었고, 육 년 동안 배웠다. 스승님은 누나가 중도하차 할 거란 걸 이미 예상하고 있었다. 남자 때문이었다. 누나는 좋은 우산 한 자루를 만들기 위해 자신의 욕망을 꺾을 줄 몰랐다. 훗날 스승님은 우산보다 연애에 충실한 누나의 눈동자에서 반짝임이 보이지 않았다고 평가했다.

그렇다고 스승님이 사랑과 연애를 부정적으로 보는 건 아니었다. 오히려 그 반대였다. 스승님은 결혼하지는 않았지만 늘 누군가를 사랑했다. 어쩌면 사랑하기 위해서 결혼을 하지 않은 건지도 모르겠다. 스승님은 사랑의 에너지를 예술로 승화시켰을 때 불멸의 작품이 탄생한다고 믿는 사람이었다. 일과 사랑이 화학적 결합을 이루면 인생은 지루할 틈도 실패할 이유도 없다고. 스승님으로 하여금 우산에 모든 열정을 쏟게 만든 원동력은 사랑하는 사람한테 잘 보이고 싶은 마음이었다. 그 원동력을 잃지 않으려고, 스승님은 끊임없이 사랑을 찾아다녔다.

누나의 문제는 스승님과 달리 마음이 연애에 너무 치우쳐 있다는 것이었다. 그래서 꿈도 연애도 오래가지 못했다. 반대로 나에 대해 스승님은 훗날 이렇게 평가했다. 비록 사랑의 욕망과 열정은 메말랐지만 그 에너지를 온전히 우산에 쏟아서 눈동자에 별이 박혀 있는 것 같았다고.

"다시 하고 싶어진 계기가 있어?"

누나가 이를 악물고 주먹을 쥐었다.

"나보고 돈도 못 버는 식충이라고 대놓고 흉봤어."

"누가?"

"누구긴, 지옥 같은 인간들이지!"

누나는 그 말에 상처를 많이 받았는지 울먹이기 시작했다. 근데 시가 음식이 입에 안 맞아 밥도 제대로 못 먹었다는 사람이 어떻게 식충이로 보였을까. 누나는 보란 듯이 잘돼서 사람 취급을 받고 싶다며 눈물을 훔쳤다.

"단지 그 이유 때문이야?"

누나가 고개를 저었다.

"항상 궁금했어. 만약 내가 포기하지 않았다면 어떤 우산을 만들고 있을까. 스승님이나 네가 만든 것과 어떻게 다를까. 관둔 지 십 년이 넘었는데도 자꾸 돌아보고 있더라. 그때 노트도 들춰보고, 머릿속으로 만들어보기도 하고."

누나의 긴 한숨이 작업실을 울렸다.

"비 오면 너랑 수업 들으러 다녔을 때 생각도 나고. 네가 가게 차릴 때는 부러우면서 질투도 났어. 물론 후회도 됐고. 근데 사실 그보다는……."

누나가 등허리를 곧추세웠다.

"결혼하고 힘든 날마다 이상하게 꼭 비가 내렸는데, 네가 선물해준 우산을 쓰고 나가면 나도 모르게 손잡이를 꼭 움켜쥐고 있었어. 그게 꼭 손 같았어. 내가 붙잡을 수 있는 유일한 손. 그때는 그것도 힘이 됐어. 그래서 난 우산 손잡이가 좋아. 우산을 만든다기보다 누군가가 잡을 손을 만든다는 생각으로 다시 해보고 싶어졌어."

순간, 누나의 눈이 반짝거렸다. 스승님이 내 눈에서 봤다는 그 반짝임일까. 그 말을 듣고 내가 떠올린 사람은 봐요 씨의 언니였다. 마지막 순간까지 붙잡고 있었다는 우산 손잡이. 수리를 마친 언니의 우산을 보며 손잡이를 재사용한 것인지 묻던 봐요 씨의 눈빛도 생각났다.

"끝까지 갈 자신 있어?"

나는 엄숙한 표정으로 물었다.

"응!"

"밑바닥부터 시작해야 할지도 모르는데?"

"각오 단단히 하고 있어!"

"지옥 같은 시간이 될 거야. 시댁보다 더할 수도 있어."

"시댁? 세상에 그보다 더한 지옥은 없어."

"남자도 멀리할 수 있어?"

"웅! 어? 아니, 그건 좀."

아직도 정신을 못 차렸나 싶으면서도 다시 해보겠다는 게 어디냐 싶었다. 사실 줄곧 외로웠다. 누나가 중도에 포기해서 스승님 곁에 혼자 남았을 때, 수업을 받으러 둘이 걷던 길을 혼자 걸었을 때, 수련을 마치고 침묵으로 밤길을 돌아왔을 때, 같이 고민하고 겪었던 고통을 혼자 감내하게 되었을 때, 함께 가업을 이룰 거란 미래가 무너졌을 때. 견디기 힘든 외로움에 누나를 따라 관두려고도 했다. 나만큼 열심히 하지 않은 누나가 밉고 원망스러웠다. 누나와 대화가 통하지 않아 툭하면 싸웠던 것도 그때부터였다.

그만둔 지 십 년이 넘었지만 육 년 동안 배운 기억이 있으니, 누나의 수련 기간은 생각보다 짧아질 수도 있다. 창립기념일을 앞둔 모 대기업으로부터 대량 주문 제작이 들어온 데다 양산까지 만들려면 일손이 부족해서 도움이 필요하기도 했다.

"실은 작업실에서 부품 가져다 만들어도 봤어."

그 말에 나는 깜짝 놀랐다.

"신기하게 하나도 안 잊었더라. 만드는 내내 신나고 재밌어서 잡념도 싹 사라졌어. 예전엔 이런 기분 잘 못 느꼈는데."

"우산 퀄리티는?"

"아무 말 않고 아버지한테 보여줬더니 어디서 샀냐고 물었어. 그 정도면 기본은 되는 거겠지? 그리고……."

누나가 신난 표정으로 가방 밑바닥에서 드로잉북을 꺼내 보여주었다. 제법 두꺼운 드로잉북에는 누나가 틈틈이 디자인했다는 우산이 뒷장까지 빽빽하게 그려져 있었다. 나는 드로잉북을 한 장 한 장 넘기며 꼼꼼하게 살폈다. 젊은 층이 타깃인 몇몇 힙한 디자인은 당장 제작에 들어가도 손색없을 정도로 훌륭했다. 색조화도 나무랄 데가 없었다. 결혼하고 힘들 때마다 밤에 그렸다는데, 그 양이 많다는 생각이 들었다. 그러나 드로잉북을 바라보는 누나의 눈동자에는 힘들었던 시간은 보이지 않고 별이 박힌 듯한 반짝임만 있었다. 나는 그 별을 믿어보기로 했다.

의욕이 넘친 누나는 당장 수련에 들어가자고 했지만 아버지의 퇴근이 우선이라 일단 누나를 들여보냈다. 대신 가게 작업실뿐만 아니라 집에서도 수련을 하기로 했다. 밤낮을 가리지 않겠다는 누나의 의지였다. 아버지는 누나 덕분에 모처럼 퇴근길이 즐거울 것이다. 노라가…… 다시 시작하겠다니 잘됐다, 하며.

우산 하나를 완성하고 시계를 보니 어느덧 밤 열한 시였다. 창문을 열고 밖을 내다봤다. 으스름달이 뜬 데다 불 꺼진 가게가 많아서 사방이 어둑했다. 주변 가게들은 원래도 일찍 문을 닫는 업종이라 이 시간의 나는 지구에 혼자 살아남은 사람처럼 느껴졌다. 대신 저 멀리 유흥가 밀집지에서 퍼져 나오는 소란하고 야릇한 불빛 덕에 늦게까지 혼자 있어도 적적하지 않았다. 가끔 음탕한 유흥의 소리가 여기까지 들리는 것 같아 괜히 심통이 나기도 했다. 그런데 팬데믹 이후로는 그 구역에서도 불빛을 찾기가 어려워졌다. 도시가 맞나 싶을 정도로 불빛이 듬성듬성 보여서 밤마다 이 시대의 현실을 실감했고, 어두워지면 모든 것이 납작 엎드리듯 동시에 숨죽이는 모습은 전쟁터를 연상시켰다. 예전에는 밤의 고요와 어둠을 온전히 혼자 차지하고 있다고 생각했는데, 혼자 감당한다는 느낌이 들게 되면서 야근이 힘들어졌다.

누나 때문인지 묵은 긴장이 풀린 것처럼 갑자기 피곤이 몰려왔다. 으슬으슬 춥고 뼈마디까지 욱신거렸다. 창문을 닫고 불을 끈 뒤 침대로 가서 누웠다. 바깥의 가로등 불빛이 작업실의 구름 감시창으로 은은하게 비쳐들었다. 유리창을 보며 잠이 들다 깨기를 반복하는 동안, 온몸에 열꽃이 피었다 지고 옷은 식은땀으로 폭 젖어버렸다.

호텔에는 청소 노동자에게 있어 유령 같은 장소가 많았다. 분명 존재하지만 청소 노동자에게는 보이지 않는 장소들. 고위급 유명 인사들이 모여 식사를 하고 각종 행사를 치르는 장소라 청소 노동자는 갈 수 없고, 갈 일도 없는 곳들이었다. 갔다가 고객과 마주치기라도 하면 안 되니 행사가 다 끝나고 청소할 때나 가볼 수 있었다. 고급스럽고 화려하지만 행사가 끝나 고객이 없는 그곳들은 빛과 온기가 느껴지지 않는 죽은 공간들이었다. 유령처럼 죽은 곳들. 텅 비고 공허해서 어떤 사람들이 모였고, 어떤 즐거운 일들이 있었을지 떠올려지지 않는 곳들.

호텔 연회장처럼 도무지 상상이 가지 않는 곳도 있었지만 상상하는 게 재밌는 곳도 있었다. 바로 아버지가 매일 청소하는 객실이었다. 그것은 아버지가 호텔 청소를 좋아하는 이유이기도 했다. 아버지는 룸 클리닝이 들어가지 않은 객실을 둘러보며 조금 전까지 머물렀던 손님에 대해 상상하는 걸 즐겼다. 아버지는 유령이라 그들을 만날 수 없지만, 상상 속에서는 얼마든지 만날 수 있었다. 손님이 남기고 간 흔적들을 보면 대충 어떤 성향의 사람이고, 하는 일이 무엇인지 읽을 수 있었다. 무슨 향수를 쓰는지, 잠버릇은 어떤지, 평소 정리 정돈을 잘하는 편인지, 지저분한 사람인지, 출장 중인지, 연인끼리 묵었는지, 친구랑 왔는지, 아니면 가족과 함께 시간을 보내다 갔는지도.

상상의 마지막은 꼭 아버지 자신의 모습으로 끝났다. 아버지가 그 객실에 손님으로 묵는 장면이었다. 혼자여도, 누군가와 함께여도 좋았다. 잘 정돈된 깨끗한 침대에서 잠을 자고, 욕실에서 거품 목욕을 하고, 룸서비스를 받아 식사를 하고, 호텔 창문 너머의 야경을 보며 와인을 마시고, 방해받고 싶지 않을 때는 문고리에 '방해하지 마' 푯말을 걸어두고, 음료를 마시다 카펫에 쏟기도 하고. 그렇게 객실에서만 몇 날 며칠을 유령처럼 지내다 홀연히 사라진 뒤, 객실에 남기고 간 흔적들을 보며 얼굴 모르는 청소 유령이 아버지를 어떤 사람이라고 생각할지 상상하는 것. 그 상상은 아버지가 바닥 얼룩을 지울 때 같이 지워졌지만, 해도 해도 질리지 않아서 할 때마다 매번 즐거웠다. 아버지는 같은 상상을 하루에 사오십 번씩 하는 사람이었다.

아버지를 가장 즐거운 상상으로 인도하는 방은 1901호였다. 아버지는 일주일에 두 번, 1901호 청소를 맡게 되었다. 방 주인이 자기가 투숙하는 동안 객실 청소를 아버지가 전담해줄 것을 호텔 측에 부탁해서 성사된 일이었다. 1901호를 룸 클리닝 하는 오후는 아버지에게 휴식 시간이나 다름없었다. 명목상 청소일 뿐, 그가 아버지에게 청소를 시키지 않아서였다. 그는 욕실이며 방 정리를 스스로 하는 걸 좋아했고, 그래야 마음도 놓였다. 대신 그는 그 시간에 아버지와 이야기를 하고 싶어 했다.

음악을 좋아하는 그의 방에서는 늘 레코드판이 돌아갔다. 거실 진열장 옆에 놓인 다섯 개의 커다란 나무 상자 안에는 그가 수집한 레코드판 수백 장이 들어 있었다. 아버지가 찾아오는 날에는 마음을 안정시켜주는 잔잔한 클래식을 틀어놓았다. 음악의 힘을 그때 처음 알게 된 아버지는 휴게실에서 대기하는 시간에 클래식을 듣기 시작했다. 음악에 이어 그는 아버지에게 다과를 대접했다. 바닥을 편하게 생각하는 아버지를 위해 소파 대신 카펫에 앉아 함께 차를 마셨다. 이상하게 아버지는 그와 마주 보고 앉아 있어도 부끄럽지 않았다. 아니, 부끄럽기는 한데, 다른 종류의 부끄러움이었다. 어머니 앞에서의 부끄러움이 좋아함이라면 그의 앞에서의 부끄러움은 존경심이었다.

아버지는 거실을 둘러보며 그가 어떤 삶을 살아왔을지 상상했다.

"유년 시절이 행복하지는 않았어요. 세상이 무섭고 사람도 싫었어요. 일테면 그것도 부끄러움 같은 거지요."

"그렇게…… 안 보여요."

아버지가 찻잔을 내려놓으며 놀란 듯 말했다.

"시간이 많이 흘렀으니까요."

아버지는 그가 왜 행복하지 않았는지 궁금했다.

"아버지한테 매일 맞았어요. 술이 들어가면 뭐든 때리고 부숴야만 하는 사람이었어요. 어머니는 몸이 약해서 어린 날 지켜주지 못했어요. 돌아가실 때까지도 그걸 미안해하셨지만."

"그래서…… 그때 절……."

"본능적으로 몸이 반응한 거예요."

아버지가 무거운 표정으로 고개를 끄덕였다.

"부끄러움에서 벗어나는 방법은…… 찾으셨어요?"

그는 잠깐 호텔 창문을 올려다봤다.

"일을 이것저것 했어요."

"어떤…… 일들이요?"

"내가 할 수 있는 일도 하고, 누군가가 시키는 일도 하고. 집에서 빨리 독립하고 싶었어요."

그가 이룬 것들이라고 생각하며 아버지는 방을 한 번 더 둘러봤다. 손때 묻은 물건들은 값비싸 보이진 않았지만 편안함이 깃들어 있었다.

"일을 하고 있으면 맞아서 아픈 데도 낫고, 무섭고 싫은 것들도 생각나지 않았어요."

아버지는 누구보다 그 말에 담긴 의미와 느낌을 잘 알고 있었다.

"그러다 내가 진짜 하고 싶은 일을 찾았지요."

그는 그 대목에서 편안하게 웃었다. 부끄러운 삶에서 벗어나게 해준 그 일이 무엇인지 궁금했지만 아버지는 묻지 않았다. 침실 안쪽에 놓여 있는 수십 개의 나무 상자와 관련이 있을 거라고만 생각했다.

"지금 하는 일은 좋은가요?"

그가 아버지의 눈을 들여다보며 물었다.

"선생님이…… 되찾아주셨어요."

긴 설명이 필요 없는 대답이라고 그는 생각했다.

"인생 별거 없어요. 견디고 버티는 거예요. 그거면 돼요."

레코드판이 다 돌아갔는지 음악이 끊겼다. 그가 자리에서 일어나 판을 뒤집고 핀을 살며시 내려놓자 잔잔한 음악이 다시 아버지의 귀를 평화롭게 감쌌다.

기억

　닷새 만에 출근을 했다. 다행히 현재 유행하는 바이러스가 아닌 일반 감기였다. 그 핑계로 모처럼 집에서 푹 쉬었다. 닷새 동안 가게 문은 누나가 대신 열었다. 누나의 수련은 저녁 식사를 마치고 집에서 진행했다. 누나는 내 빈자리가 느껴지지 않을 만큼 혼자서도 가게를 잘 꾸렸다. 누나가 있어서 마음 놓고 아파도 되겠구나 싶었다. 누나가 있어서 우산을 만들고 고치는 시간도 절약되었다. 누나가 있어서 봐요 씨 이야기도 전해 들을 수 있었다. 봐요 씨는 닷새 동안 하루도 빼놓지 않고 가게에 들러 우산을 사며 내 안부를 물었다고 했다. 오늘도 봐요 씨는 퇴근 시간 무렵 가게를 찾아와 우산을 샀다.

"언제까지 계속 우산을 사러 올 생각이었어요?"

우산을 포장하며 내가 물었다.

"한해 씨가 가게에 나올 때까지요."

"한 달이 되고 두 달이 돼도요?"

다시 질문을 던진 나는 봐요 씨를 힐끗 쳐다봤고, 봐요 씨는 고개를 끄덕였다.

"이봐요 씨한테 우산 팔고 싶으면 가게 안 나오면 되겠네요."

"뭐, 우산을 하나씩 모으면서 한해 씨 출근하길 기다리는 것도 즐거웠어요. 하지만 앞으로는 한해 씨 있을 때만 우산을 살 거예요. 전 한해 씨한테 사는 우산이 좋거든요. 그러니까 있어야 하는 자리에 있어요."

우산을 포장하는 손이 나도 모르게 떨렸다. 들킬까 봐 얼른 뒤돌아 상자를 담을 종이 가방을 찾았다. 늘 두는 곳이 있는데도 조금 허둥댔다.

"누나분은 퇴근하셨나 봐요?"

"아버지 퇴근시켜야 해서 먼저……."

종이 가방을 들고 돌아서자 봐요 씨는 벽에 걸린 우산들을 올려다보고 있었다.

"근데 너무 많이 사신 거 아니에요?"

봐요 씨가 진열된 우산 하나를 집어 들었다.

"걱정 마세요. 다 선물할 거니까. 오늘 산 건 나 좋다고 쫓아다니는 남자애 생일 선물로 줄 거예요."

봐요 씨는 우산을 만지작대며 내 쪽으로 살짝 고개를 돌렸다.

"한해 씨 없는 동안 산 우산들도 나 좋다는 남자들한테 줄 선물이고요."

나는 일부러 딴청을 부렸다.

"신경 좀 쓰실래요?"

봐요 씨가 은근슬쩍 강요를 했다. 나는 마지못해 신경 쓰듯 말했다.

"남자들한테 인기가 많아 좋겠어요."

"좋다기보다 귀찮은 게 훨씬 많죠."

봐요 씨가 입꼬리와 한쪽 어깨를 살짝 올렸다 내렸다.

"그분들 일일이 챙기고 관리하려면 돈도 많이 들겠네요."

"돈이야 그러려고 버는 건데요, 뭐."

나는 우산 상자를 넣은 종이 가방을 계산대 한쪽으로 툭, 밀었다.

"방금 손톱만큼이라도 신경 쓰였죠?"

나는 봐요 씨를 살짝 치떠 보고 얼른 손목시계로 시선을 돌렸다. 봐요 씨가 피식 웃는 소리가 들렸다.

"선물은 맞는데, 남자들이 아니라 내가 좋아하는 분들이에요. 언니처럼 나도 내가 좋아하는 사람들한테 우산을 선물하려고요."

나는 마른 입술을 혀로 축였다.

봐요 씨는 우산을 들고 매장 한쪽에 마련해둔 스툴로 가서 앉았다. 가게 밖에 서 있는 스승님의 느티나무가 보이는 자리였다. 나뭇잎이 모두 떨어져나간 느티나무 가지가 찬바람에 흔들렸다. 우산 손잡이 위로 두 손을 포개어 올린 봐요 씨는 밖을 내다보며 깊은 생각에 잠겼다. 오래 두면 안 될 것 같아서 말을 건넸다.

"저번에 주신 명함에 도슨트라고 적혀 있던데, 큐레이터하고 다른 건가요?"

봐요 씨가 눈을 깜빡이며 내 쪽을 돌아봤다.

"아, 네. 큐레이터는 전시를 기획하는 사람이고, 도슨트는 전시 작품과 작가를 현장 관람객에게 설명하고 안내하는 사람이에요."

근데 정확하게는, '미래의 도슨트'라고 적혀 있었다. 도슨트면 도슨트지 미래의 도슨트는 뭘까 궁금했다. 요즘은 그 직업을 소망한다는 이유로 명함을 미리 파기도 하나. 일종의 미신일까.

"도슨트가 되고 싶어서 만든 명함이에요. 미신보다는 의지 같은 거라고 할까요."

봐요 씨가 다시 창밖을 내다봤다.

"언니가 도슨트였어요."

언니한테서 벗어나게 해주려고 던진 질문이었는데 다시 돌아가버리고 말았다.

"언니는 미술 전공자도 아니고 유학을 다녀오지도 않았어요. 애널리스트였는데 그저 미술이 재밌어서 독학으로 공부하다 도슨트가 됐어요. 언니는 그 일을 정말 좋아했어요. 자신이 좋아하는 일을 하니까 예민하고 뾰족하던 사람이 행복해지더라고요. 저를 관람객이라 생각하고 미술 사얘기도 많이 해줬어요. 그 덕에 미술에 대한 지식이 쌓여서 저도 관심을 갖게 됐고요."

"아무리 그래도 직업을 바꾸는 건 쉬운 일이 아니잖아요."

봐요 씨가 힘주어 우산 손잡이를 움켜쥐었다.

"주말에만 도슨트로 지내려고 준비하고 있어요."

나는 고개를 갸웃거렸다.

"언니는 도슨트로 은퇴하고 싶어 했어요. 언니를 보내고 유품을 정리하려고 언니 방에 들어갔는데 온통 미술과 관련된 물건들뿐이었어요. 이렇게나 좋아했구나, 싶었죠. 도저히 정리할 수가 없어서, 주말만이라도 언니가 살던 삶을 살아보자는 생각이 들었어요. 그래서 일 년 동안 회사를 휴직하고 언니 방에서 미친 듯이 공부만 했어요. 언니처럼 유튜브로 미술 강의를 하는 게 꿈이에요."

내가 스승님의 삶을 이어받았듯, 봐요 씨 또한 언니의 삶 일부를 이어받으려 하고 있었다.

"일주일에 이틀 정도는 일찍 떠난 언니한테 양보해도 괜찮지 않을까."

봐요 씨는 까마득한 눈빛으로 우산을 내려다봤다.

"그러면 이봐요 씨는 쉬는 날이 없잖아요."

"괜찮아요, 없어도. 언니가 대신 쉬어준다고 생각하면 피곤하지 않아요."

나는 계산대에 팔꿈치를 대고 손바닥으로 턱을 괴었다.

"그럼 월요일부터 금요일까지는 무슨 일을 해요?"

"기계설계요. 기계공학과 나왔거든요. 단순해 보이는 기계도 기획과 설계로 만들어져요. 저는 생산설비에 필요한 기계를 연구하고 개발해요."

"공장에서 돌아가는 복잡한 기계를 볼 때마다 저런 똑똑한 기계는 과연 누가 만들까 궁금했는데 이봐요 씨 같은 분이었군요. 기계는 노동시간을 절약해주잖아요. 저도 우산 만들 때 재봉틀이 없다고 생각하면 아찔해요."

"노동시간을 절약해주지만 어떻게 보면 일자리를 빼앗기도 하죠."

기계가 찍어내는 공장 우산 때문에 수공예 우산의 수요

가 줄었으니 기계가 일자리를 빼앗는 건 사실이다. 나는 봐요 씨가 기계로 이루고 싶은 꿈이 있는지 궁금했다. 봐요 씨는 생각이 많아진 듯 한참 만에 입을 열었다.

"공장 기계를 설계하다 보면 내가 만든 기계에 노동자가 끼어서 다치거나 죽었다는 소식을 자주 듣게 돼요. 그럴 때면 회의감이 들어서 생각이 복잡해져요. 기계는 사람을 살리는 도구일까, 죽이는 무기일까. 그래서 전에는 놀이공원 놀이기구를 설계하는 게 꿈이었는데, 이제는 사고나 재난이 일어났을 때 사람을 구하러 달려가는 태권브이처럼 커다란 기계를 만드는 게 꿈이에요."

나는 봐요 씨가 일주일 동안 꾸는 두 개의 다른 꿈을 상상했다.

"그런 기계가 탄생한다면 오로지 사람을 살리는 기계가 되겠네요."

그런 기계가 있었다면 호텔 9층에 갇혀 있던 봐요 씨의 언니도 구할 수 있었을 것이다. 나는 상상 속에서 낙하산이 되어줄 우산을 만들어 봤다.

"근데 주말의 도슨트는 행복해요? 언니만큼요."

망설이다 물었다.

"언니만큼이 어느 정도인지 모르겠지만, 행복해요. 언니한테 부끄럽지 않게 살아야죠."

봐요 씨는 우산을 펴서 어깨에 걸쳤다. 그러고는 마스크에 가려서 들릴 듯 말 듯한 목소리로 중얼거렸다.

"참 이상해요. 언제부턴가 우산을 잡고 있으면 안정이 되는 게. 우산이 보호막처럼 느껴져요. 어쩌면 걱정과 달리 언니는 편안했을지도."

우산 속 봐요 씨는 편안해 보였다. 우산에 대한 좋지 않은 기억을 새로운 기억으로 덮어씌우고 있어서였다. 나쁜 기억은 좋은 기억으로 덮으면 사라진다.

아버지 어머니에게도 나쁜 기억을 좋은 기억으로 덮은 일대의 사건이 있었다.

아버지는 호텔 유령으로서 존재가 들키지 않기를 바랐지만 어머니한테만은 들키려고 애를 썼다. 들키면 아버지의 머릿속에서는 폭죽이 터지고 온몸은 뜨겁게 타올랐다. 아버지는 어머니와 마주칠 때마다 부끄러워서 얼굴이 홍고추처럼 빨개졌다. 아버지의 부끄러움이 자신을 좋아해서라고 착각했던 어머니는 이제 더는 그럴 필요가 없었다. 어머니 앞에서 보이는 부끄러움은 온전히 어머니를 좋아하는 마음에서 우러나온 감정이었으니까. 아버지의 몸이 달아오를수록 부끄러움도 심해져서 도저히 감출 수가 없었으니까. 어머니에게 아버지의 무구한 부끄러움은 평온한 휴식 같은 것이었다. 어머니는 일이 고단하거나 마음이 지칠 때면 그 부끄러움을 만나러 갔다.

그날은 어머니에게도 아버지에게도 몹시 힘든 날이었다. 어머니가 추진하는 일마다 못마땅해하는 경영진과 그들과 손발을 맞춰 밑에서 방해꾼 역할을 톡톡히 해왔던 반대파 동료들. 그들은 어머니에 대한 악소문을 퍼뜨리는 것도 어머니를 도둑으로 모는 것도 실패하자 전략을 바꾸기로 했다. 일종의 무시 전략으로, 어머니를 유령 취급하기로 모의를 한 것이다. 어머니가 옆에 있는데도 안 보이는 척 자기들끼리만 대화를 나눈다거나, 인사를 건네도 받지 않고 불러도 안 들리는 듯 딴청을 부리는 식이었다.

그들과 말로 싸우는 것보다 따돌림당하는 게, 유령 취급을 당하는 게 어머니를 서너 배는 더 힘들게 했다. 존재 자체를 부정당하는 일이었기 때문이다. 존재가 없는데 말과 행동이 존재할 리 없었다. 메이드는 고객에게는 유령이어도 동료에게는 유령이 아니었다. 그런데 어머니는 동료들에게까지 유령이 되고 만 것이다.

그날, 어머니는 아버지가 몹시 보고 싶어졌다. 스스로 유령이 된 것과 타인에 의해 유령이 되는 건 다른 문제였지만, 유령이란 처지는 똑같았으니까. 사실 어머니가 지금까지 앞장서 왔던 일들은 어머니 자신의 존재를 뚜렷하게 드러냈기에 가능했고, 해결도 마찬가지였다. 그래서 그들의 유령 취급 전략은 어머니의 강한 정신력을 흔들어놓기에 충분했다. 유령은 고독하고 외롭고 쓸쓸한 존재였다. 그날 어머니는 아버지의 마음에 조금 더 가까워졌다.

같은 시간, 아버지는 클래식이 백 뮤직으로 흐르는 휴게실에서 폭행을 당하고 있었다. 청소 부서 과장은 종종 개인적인 업무 스트레스를 힘없는 말단인 아버지에게 폭행으로 풀었고, 그날은 유독 정도가 심했다. 일 처리 때문이었다면 억울하지는 않았을 것이다.

일을 마친 아버지는 호텔에서 가장 좁고 낮은 자신만의 공간에서 클래식을 들으며 쉬고 있었다. 과장은 아무런 용무도 없이 휴게실로 불쑥 찾아와 여기저기 둘러보고는 생트집을 잡기 시작했다. 꼴에 뭘 안다고 클래식을 틀어놓고 지랄이야? 웬만해선 "네, 알겠습니다" 하고 마는 아버지였지만 과장의 폭언이 지나쳐 몇 마디 응수했다. 그러자 과장은 기다렸다는 듯 상사한테 대드는 거냐며 구둣발로 아버지를 걷어찼다. 그게 아니고요, 라고 하자 아니긴 뭐가 아니냐며 들고 있던 서류철 모서리로 아버지의 정수리를 찍어 내렸다. 손님 이마 찢은 거 네 짓이지? 부당한 음해와 폭력 끝에 아버지는 숨을 거칠게 몰아쉬며 고개를 쳐들었다. 과장은 어디서 감히 눈을 부릅뜨고 쳐다보냐고 다

시 때렸다. 아파서 신음을 냈더니 엄살 피우지 말라고 또
때렸다. 아버지는 너무 아프고 억울해서 정말 자신이 유령
이면 좋겠다고 생각했다. 아무도 찾지 못하고, 주먹이 날
아와도 그대로 관통하는 유령. 아버지를 실컷 두들겨 팬
과장은 더러운 거라도 만진 듯 물수건으로 손을 닦고 휴
게실을 나갔다.

　아버지가 과장에게 진짜 하고 싶었던 말은 이거였다.

　"내 휴식을, 방해하지 마!"

　아버지는 의자에 엎드린 채 맞은 곳을 부여잡고 한참을
울먹였다. 그날은 클래식도 위로가 되어주지 못했다. 그
와중에도 청소 호출은 계속됐다. 아버지는 시퍼렇게 멍든
다리를 절뚝이며 청소 도구를 챙겨 객실로 올라갔다.

　어머니와 아버지는 같은 객실에서 만났다. 두 사람은 지
치고 아픈 표정으로 서로를 마주 보고 섰다. 말하지 않아
도 알았다. 오늘은 서로의 품에 안겨 실컷 울고 싶은 날이
자, 맘 편하게 쉬고 싶은 날이란 걸. 두 유령은 동시에 청
소 도구를 내려놓았다. 아버지는 '방해하지 마' 푯말을 문
고리에 걸어두었다. 과장한테 이 짧고 강한 말을 하지 못
한 걸 후회하며 푯말을 한참 만지작대다 문을 잠갔다. 어
머니는 고객이 잠을 자고 떠난 헝클어진 침대를 깨끗하게
정리했다. 지금껏 남을 위해서만 침대 청소를 해왔던 어머

니는 자신들이 누울 공간이었기에 더없이 정성을 들여 청소를 했다. 경건한 마음으로 시트를 갈고, 베갯잇을 바꾸고, 이불을 폈다.

청소를 마친 두 유령은 커튼을 치고 새하얀 침대에 누웠다. 불은 끄지 않았다. 서로에게 처음으로 보이는 알몸이었지만 부끄러움 따위는 없었다. 사랑만이 전부였다. 사랑의 행위는 부끄러운 게 아니었다. 부끄러워해서는 할 수 없는 게 사랑이었다. 한 점의 부끄러움 없이 침대가 흔들리고, 시트가 구겨지고, 베개가 떨어졌다. 혹시나 들키더라도 그들은 날, 아니, 우리를 유령 취급하며 안 보이는 척할 거야. 그러니 안심해, 하고 어머니는 신음으로 아버지에게 소곤거렸다. 사실 어머니는 어디 이래도 너희 눈에 안 보인다고 할까, 하는 마음으로 일부러 문을 활짝 열어두고 싶었다. 그러나 문고리에 '방해하지 마' 푯말이 걸려 있는 한 어떤 권력자도 두 사람의 시간을 방해할 수 없었다. 두 유령은 안 보이기에 두려움 없이 사랑을 했고, 서로만 보이기에 원 없이 사랑을 나누었다.

세상 어디에도 없을 화려하고 찬란한 시간이었다. 막 사랑을 마친 어머니와 아버지는 자신들이 객실에 남긴 사랑의 흔적을 고요한 눈빛으로 바라봤다. 몸의 움직임을 따라 생겨난 격정적인 시트 주름, 협곡처럼 우뚝 솟은 채 겹쳐진 이불들, 가운데가 움푹 패인 베개들, 매일 얼룩을 닦아 냈던 카펫 위에 아무렇게 벗어 던진 옷과 속옷의 추상적 인 흐름, 멀찍이 떨어져 각기 다른 방향을 보고 있는 네 짝 의 신발, 연체동물처럼 늘어져 있는 두 켤레의 양말 그리 고 침대 위의 축축한 얼룩. 두 사람은 사랑의 첫 흔적을 치 우고 싶지 않았다. 하지만 그럴 수는 없었다.

커튼을 걷자 환하게 비쳐든 햇살이 방 안에 플래시처럼 터졌다. 그 순간, 객실의 풍경은 두 사람의 머릿속에 한 장 의 사진으로 인화되었다. 아무리 세월이 지나도 흐릿해지 거나 바래지 않을 거라고 확신했다. 두 사람은 각자의 위 치로 돌아가 말없이 객실 청소를 했다. 어느 때보다 숭고 한 자세와 속도로. 청소와 함께 지치고, 아프고, 비참했던 그날의 기억을 깨끗하게 지우고 황홀한 사랑의 기억만 남 기기 위해서.

같이

누나는 작업실에서 수련을 하다가도 출입문 종이 울리면 매장으로 얼른 튀어나갔다. 가끔은 너무 집중해서 종소리를 못 들을 때도 있었다. 그럴 때는 내가 대신 매장을 담당했다.

같은 일을 하자 누나와 다투지 않게 되었다. 스승님 밑에서 수업을 받던 시절로 돌아간 것 같았다. 스승님은 자식이 없어서 이솔우산을 가업 형태로 운영하지 못했다. 그러니 이제라도 누나와 내가 함께 가게를 꾸려나가는 걸 흐뭇해할 것이다. 오랜 전통을 가진 가게는 대부분 가족경영이라 그 명맥이 잘 유지된다. 가족끼리는 서로 잘 돕고 이해하기 때문이다. 단합이 잘되어 고난이 닥쳤을 때 극복하는 힘도 남다르다. 가족경영의 가장 큰 장점은 개인의 욕심보다 공동의 가치를 우선시한다는 것이다.

이솔우산을 가업으로 정착시키기 위해서는 우리 둘의 실력 차를 좁히는 게 관건이다. 누나도 그걸 잘 알고 있어서 밤낮없이 분투하는 것이다. 하지만 오늘은 가게 문을 일찍 닫아야 한다.

오늘은 어머니의 기일이다. 나와 누나는 재래시장에 들러 어머니가 좋아하던 음식들로 장을 보고 호텔로 갔다. 퇴근하고 차에 오르는 아버지의 표정은 역시 어두웠다. 사년이 지났어도 일 년 중 오늘은 언제나 똑같은 기분이었다. 아버지도 오늘은 일하는 내내 힘들었을 것이다. 어머니가 돌아가신 호텔이 아버지의 일터라서 더욱. 아니, 어머니가 돌아가신 후로 아버지에게는 호텔에 출근하는 모든 날이 어머니의 기일이었다. 오늘 아버지가 청소한 객실 중 어머니가 돌아가셨던 그곳이 없었기를 바랄 뿐이었다.

어머니는 객실 화장실 청소를 하다 미끄러져 머리를 다쳤다. 낙상사였다. 과로에, 닷새 전 호텔 계단에서 접질린 다리가 낫지 않은 상태였는데 결근하지 않으려고 무리하다 일어난 사고였다. 어머니는 눈에 띄지 않게 숨어서 일하는 유령이라 누구도 어머니가 다쳤다는 걸 몰랐다. 그때문에 골든타임을 놓쳐버리고 말았다. 어떻게든 쫓아내려는 경영진의 계략 속에서도 어머니의 꿈은 끝까지 호텔 직원으로 남아 은퇴하는 것이었다. 은퇴라는 소박한 꿈을 위해 열심히 일한 게 어머니를 죽음으로 내몬 것이다. 오래 걸리긴 했지만, 그들은 결국 어머니를 호텔에서 쫓아내는 데 성공한 셈이었다.

그러나 나는 어머니가 쫓겨났다고 생각하지 않는다. 어머니는 이제 누구도 쫓아낼 수 없는 호텔 유령이 되었으니까. 가끔 그런 생각을 해본다. 어쩌면 아버지는 어머니가 돌아가신 호텔에서 일하는 게 고통스럽지 않고 오히려 행복할지도 모른다고. 진짜 유령이 된 어머니가 호텔에 있다고 생각하면, 아버지가 가는 데마다 따라다닌다고 생각하면 아버지는 매일 어머니를 만나고 있는 거니까. 하지만 아직 아버지에게 물어보지는 못했다. 그 호텔을 계속 다니는 게 좋은지, 고통스러운지. 어머니가 돌아가신 날에 대한 내 기억은 한 가지뿐이다. 아버지가 그때만큼은 숨지 않고 부끄러움도 없이 사람들 앞에서 울고 또 울었다는 것.

자동차 안은 침묵으로 가라앉아 있었다. 무거운 분위기를 싫어하는 누나가 라디오를 크게 틀었다. 좀체 꺾이지 않는 바이러스 감염자 추이 때문에 유럽은 다시 봉쇄에 들어갔다. 우리나라는 확진자 수 최고치를 매일 경신하고 있었다. 아나운서는 내일부터 격상되는 사회적 거리두기로 달라지는 방역 수칙들을 자세히 알려주었다. 2인 이상 모임이 금지되고, 재택근무와 비대면 수업은 강화될 전망이었다. 자가 격리와 거리두기 장기화로 '바이러스 블루' 환자가 급증하고 있다고도 했다. 팬데믹 이후 국내 경기의 장기침체가 우려된다는 뉴스에 이어 2주기를 맞은 B시 호텔 화재 참사 뉴스가 나왔다. 이맘때 참사가 일어났던 건 알았지만 정확한 날짜는 잊고 있었다.

"B시 호텔 화재 참사가 오늘이었어요?"

내 물음에 아버지가 나지막한 목소리로 말했다.

"엄마랑 같은 날이라…… 마음이 쓰였더랬지…… 게다가 호텔에서…… 일어난 참사라…… 안타깝기도 했고."

아버지가 창밖으로 고개를 돌리며 가벼운 한숨을 내쉬었다.

봐요 씨도 이 년 전 오늘 부끄러움 없이 울고 또 울었고, 오늘도 그렇겠구나. 우리 가족처럼. 안타깝게 가족을 잃은 슬픔은 그 모양과 크기가 같아서 이해하려고 노력하지 않아도 된다. 아니, 죽음은 이해하지 않아도 되는 결말이다. 죽음으로의 끝남은 어떤 이해도 불가능하고 이해할 필요도 없는 상태로 남는다. 봐요 씨와 나는 365개의 날짜 중 하나를 공유하고 있었다. 같이 슬퍼하기만 할 뿐 서로의 슬픔을 이해하지 않아도 되는 날을. 이제 나한테 오늘은 어머니 말고도 두 사람이 더 생각나는 날이 되었다. 태어난 날짜가 같다는 걸 알았을 때 같이 기뻐하듯이, 죽은 날짜가 같다는 걸 알았을 때는 같이 슬퍼한다. 내가 보낸 문자에 봐요 씨가 같이 슬퍼했다.

아버지한테 '같이'는 오랫동안 가질 수 없는 단어였다. 부끄러움과 동의어에 가까워서 피할 수밖에 없었던 무수한 같이의 양식들. 살기 위해, 살아남기 위해 같이로 묶이는 인간관계 속에서 섬처럼 홀로 떠 있었던 수천의 나날들. 그런 아버지에게 드디어 같이의 의미를 알게 해준 두 사람이 생겼다. 그 사람들 앞에서는 유령일 필요도 없었고, 유령이고 싶지도 않았다. 그 두 사람 때문에 아버지는 호텔의 시간이 더 좋아졌다. 유령으로 보이고 싶은 사람들로부터 멸시와 괄시를 받을 때마다 아버지는 두 사람을 찾아갔다. '찾아간다'라는 건 아버지에게 꿈꾸는 일과 같았다. 실제로 그들을 찾아갈 때마다, 아버지의 다리는 꿈속처럼 공중으로 붕 떠올랐다.

과장이 또 서류철로 정수리를 때린 날, 아버지는 1901호를 찾아갔다. 그는 아버지에게 직접 내린 커피와 수제 쿠키, 음악을 내주었다. 이상하게 아버지는 그의 방에 있으면 마음이 편안해졌다. 아니, 마음이 놓였다. 방에서 나는 특유의 냄새와 고풍스러운 분위기 때문일까. 아니면 서로를 이해하는 데에서 오는 안정감일까. 아버지는 둘 다라고 생각했다.

아버지가 커피를 한 모금 마시고 잔을 내려놓자 서류철로 맞은 데가 찌릿, 하고 아팠다. 정수리에서 손을 뗀 아버지가 물었다.

"선생님도⋯⋯ 견디고 버티기 힘들 때가 있었어요?"

"그럼요. 죽고 싶은 적도 많았고, 죽으려고 한 적도 있었어요."

짧은 대답에 아버지는 찌릿한 통증이 금방 사라지는 기분이 들었다.

"그럴 때는⋯⋯ 어떻게 하셨어요?"

그가 커피잔을 무릎에 올려놓았다.

"좋아하는 것들이나 좋아하는 사람을 생각했어요. 아주 나중에 내게 견디고 버텨줘서 고맙다고 해줄 사람도 생각하고, 내가 견디고 버티면 앞으로도 볼 수 있을 좋아하는 것들도 떠올리고요."

"하지만 견디고 버티는 게⋯⋯ 바보 같은 짓 같다고 느껴질 때가 있어요."

아버지의 정수리가 다시 아프기 시작했다.

"견디고 버틴다는 게 무조건 참아야 한다는 의미는 아니에요."

"그럼요?"

아버지가 그를 진지하게 쳐다봤다.

"그 시간은 힘을 키우는 시간이에요. 견디고 버티는 동안 차곡차곡 키운 힘으로 나중에 기회가 왔을 때 얍, 하고 무찌르는 거예요."

아버지는 무찌르는 상상을 했다. 부끄러움을, 멸시와 괄시를, 과장 새끼를. 그는 자신이 견디고 버텨서 결국 무찔렀던 많은 일들에 대해 얘기해줬다.

"집에서 독립한 게 가장 크게 무찔렀던 일이었어요. 아버지한테 맞을 일이 사라졌으니까요. 지금도 자려고 침대에 누우면 독립한 첫날이 생각나요. 조용하고 고요하던 내 집. 아무도 방문을 발로 차고 들어오는 사람이 없다는 게 믿기지 않았어요. 이런 평화가 나한테도 찾아왔구나 싶었죠. 밤에 꾸는 꿈에서조차 초콜릿 맛이 났어요."

그다음으로 그가 어렵게 무찔렀던 일은 사회적 편견과 차별이었다. 아버지의 폭력이 물리적이었다면 편견과 차별은 그에게 정신적인 폭력을 가했다. 시간으로만 따지면 사회적 폭력을 무찌르는 데 훨씬 긴 견딤과 버팀의 나날들이 필요했다. 아버지는 그가 어떻게 그 긴 시간을 극복했는지 궁금했다.

"누구도 부정할 수 없을 만큼 실력을 쌓는 것뿐이었어요. 최고가 되는 거죠. 내가 아니면 안 되는 존재가 되는 거요. 그런 존재한테 학벌이나 출신은 중요하지 않아요. 부끄러울 게 없는 거죠."

아버지는 최고의 청소부가 되는 상상을 했다. 누구나 할 수 있는 게 청소라지만, 그래도 내가 아니면 안 되는 존재가 되는, 초콜릿 맛이 나는 상상을. 그의 말대로 최고가 되면 부끄러움도 사라질 것 같았다.

"각자에게는 시대가 있고, 자기 시대를 견디고 버티는 건 세상 누구에게나 주어지는 소임이에요. 그걸 다했을 때 행복도 느끼게 되고 기쁨도 찾아와요."

아버지가 잔을 비우자 그가 커피를 채워주었다.

"궁금해요…… 선생님의 행복."

"멀리까지 갈 필요도 없이 지금은 이 호텔에 묵게 된 거예요. 나한텐 결과의 시작이 된 장소랄까. 정식 씨는요?"

아버지는 쑥스럽다는 표정을 지으며 대답했다.

"희숙 씨요."

"정식 씨한테는 결과의 시작 같은 사람이 희숙 씨군요."

"네."

"내가 만나본 희숙 씨는 강하고 멋진 사람이었어요."

"맞아요. 그래서 청소부는…… 고마운 직업이에요."

"그 직업이 정식 씨한테 고마워할 것 같은데요. 청소 일을 정식 씨만큼 성실하게 하는 사람은 아마 없을 거예요. 청소부는 가장 깨끗한 직업이에요."

자신의 일이 가장 깨끗한 직업이라니. 아버지는 앞으로 누구한테도 듣지 못할 말일 거라고 생각했다. 후에 아버지는 그의 조언대로 견디고 버틴 시간에 차곡차곡 키운 힘을 과장을 무찌르는 데 썼다. 부하 직원들에게 상습적으로 폭언과 폭행을 일삼아온 사실이 낱낱이 밝혀지며 징계위원회에 회부된 과장은 최고 단계의 징계를 받고 해고되었다. 그러나 과장은 아버지한테 개인적으로 사과를 하지 않고 호텔을 떠났다.

반복

    작업실에는 우산을 만드는 두 개의 소리가 공존한다. 소리들은 조화를 이루기도 하고, 쫓아갔다 달아났다를 반복하기도 한다. 나는 소리로 누나의 실력이 얼마나 발전하고 있는지 가늠한다. 규칙적이고, 절도 있고, 도중에 끊기지 않는 소리는 완성도 높은 우산의 탄생을 예고한다. 주저함이 없고 자신감으로 가득 찬 소리는 듣기에도 좋아서 어느 날부턴가 음악이나 라디오를 틀지 않았다. 아니, 소리에 좀 더 집중하려고 일부러 틀지 않게 됐다. 스승님도 소리만으로 내 실력이 어느 단계에 도달했는지 알아챘었다. 제작이 끝나기도 전에 우산의 완성도까지 꿰뚫어서, 소리가 시원찮을 때는 볼 필요도 없다는 듯 옆으로 치워버렸다. 그때는 스승님을 이해하지 못했는데, 지금은 알 것 같다. 스승님은 나와 멀찍이 떨어져서도 소리로 내 작업의 전 과정을 지켜보고 있었다. 결과는 과정 안에 있으므로 굳이 확인할 필요가 없었던 것이다. 우산 하나가 만들어지는 내내 내 옆에 있었던 스승님. 나 혼자만의 사투가 아니었던 수만의 시간들. 그런데 나는 우산을 완성할 때마다 오롯이 혼자 이뤄낸 결과라고 으스댔다. 이렇게 스승이 돼서야 스승님의 말과 행동과 마음을 비로소 이해한다.

누나가 옆에 있어서 요즘은 야근이 조금 줄었다. 일하다 커피 한잔 마실 수 있는 여유도 생겼다. 작업대에 앉아 일하는 누나의 뒷모습을 침대에 누워 쳐다보기도 한다. 예전에는 누나가 했던 행동들이다. 그러다 지금처럼 마음 놓고 낮잠을 자기도 한다. 한때 나에게 있어 가장 인간다운 인간은 야근하지 않는 인간이 아니라 낮잠을 잘 수 있는 인간이었다. 낮잠을 자는 나는 이제 조금 인간다워졌다.

"아, 참, 한해야."

문제는 누나가 눈치 없이 내 단잠을 자주 깨운다는 것이다. 나는 누나한테 인간답게 짜증을 내고 누나는 아랑곳하지 않고 자기 할 말을 한다.

"네가 봐요 씨라고 부르는 그 여자 말이야, 비 오던 토요일에 봐요 씨가 우산 사러 왔을 때."

179

나는 눈을 감은 채 천장을 향해 누웠다.

"손만두 사서 돌아오다 가게에서 나오는 봐요 씨를 나도 모르게 따라갔거든. 근데 그 비싼 우산을 길고양이 밥그릇 위에 놓고 가더라. 비 맞지 말라고."

나는 가만히 눈을 떴다.

주말에만 언니의 삶을 살겠다더니 길에서 지내는 동물을 챙기는 것도 언니가 평소 하던 일이었을까. 방금 산 고급 우산을 길고양이에게 선뜻 내주는 마음은 대체 뭘까. 그 마음은 봐요 씨의 것일까, 언니의 것일까. 언니의 것이라면 진짜 봐요 씨는 어떤 모습일까. 내가 만약 봐요 씨와 주말에 연애를 한다면 그건 봐요 씨의 언니와 하는 연애일까.

"생각할수록 안타까워. 망가진 우산에 그런 사연이 있을 줄 누가 알았겠니."

그러고는 대뜸 물었다.

"뭐가 문제야?"

다른 건 몰라도 이런 눈치 하나는 빠르다.

"누나가 못된 시누이 노릇 할까 봐."

"핑계는. 구더기 무서워서 장 못 담그면 그냥 때려치워야지, 뭐."

"시누이 노릇 안 하겠단 말은 죽어도 안 하네."

"너 하는 거 봐서."

나는 누나 쪽으로 돌아누웠다.

"다 거기서 거기라며."

"거기서 거기지만, 조금 다른 거기를 찾으려고 연애를 하는 거지. 안 만나보고 거기서 거긴지 아닌지 어떻게 알아."

"그 다른 거기를 믿다 보면 삶이 조금이라도 달라질까?"

누나는 집중해서 우산을 만드느라 어깨를 열심히 들썩이고 있었다.

"달라지길 바란다면 믿는 수밖에 없지. 누구보다 넌 좀 그럴 필요가 있어. 연애도 젊을 때 해야 신나고 재밌어. 죽어라 일만 하다 흘려보내기엔 청춘이 너무 아깝잖아. 그리고 앞으론 여유도 생길 거고. 실패하고 실망하면 또 어때. 그만큼 다음에 더 잘하게 되겠지."

누나는 마치 청춘과 젊음을 다 흘려보낸 노인처럼 말했다. 노인이란 표현이 싫은지 누나가 얼른 대꾸했다.

"이혼의 폐해야."

이혼은 실패는 아니지만 폐해를 가져온다. 하지만 내 생각에 그것은 폐해도 아닌 것 같다. 성장의 일종 같다. 나는 다시 눈을 감고 낮잠을 잤다.

그날 퇴근 무렵, 봐요 씨가 우산을 사러 가게에 들렀다. 누나는 눈을 떼지 않고 봐요 씨를 유심히 살폈다. 봐요 씨가 건네는 말 한마디, 표정, 행동 등등을. 봐요 씨가 종이 가방을 들고 가게를 나가려고 하자 누나가 갑자기 내 옆구리를 쿡쿡 찔렀다. 입속말로 가게 걱정은 하지 말라면서 나를 억지로 퇴근시켰다. 누나는 겉옷과 가방까지 챙겨주며 출입문 밖으로 내 등을 떠밀었다.

가을의 끝자락인데 바깥은 생각만큼 춥지 않았다. 봐요 씨가 집까지 바래다주겠다고 했지만 나는 이른 퇴근이 어색해서 좀 걷자고 했다. 영업 제한 업종이 늘었는데도 아홉 시가 되려면 아직 멀어서인지 거리는 제법 활기찼다. 바라는 욕망들을 아홉 시까지 모두 채워야 해서 가게도 사람도 오히려 더 바쁘게 움직이고 있었다. 오징어잡이용 집어등처럼 불빛은 환하고 밝게 몸부림쳤다. 우리는 그 불빛을 따라 걸으며 팔딱대는 욕망을 구경하느라 한동안 말이 없었다. 내가 봐요 씨한테 처음으로 건넨 말은 춥지 않느냐였고, 봐요 씨는 괜찮다고 고개를 저으며 물었다.

"어머니는 어떤 분이었어요?"

깊이 몰아쉰 숨이 하얀 안개로 퍼지며 사라졌다.

"유령이요."

하얀 형태로 머무르다 없어지는 이 숨 같은 유령. 내 말에 봐요 씨가 의아한 표정으로 나를 쳐다봤다. 나는 피식 웃으며 호텔 청소부였던 어머니가 유령으로 불린 이유에 대해 설명해주었다. 어머니가 가졌던 자신의 직업에 대한 자부심과 동료들이 스스로의 가치를 깎아내리지 않도록 애썼던 거친 투쟁의 역사도. 그러다 호텔에서 돌아가신 이야기까지.

"아버지도 같은 호텔 유령이세요."

"두 분 다 멋진 직업을 가지셨네요."

"뭐가 멋져요?"

내가 걸음을 늦추며 묻자 봐요 씨도 걸음을 늦추었다.

"없어선 안 되는 직업이잖아요. 그 직업이 없다고 생각해봐요. 세상이 어떻게 돌아가겠어요. 없는 세상에서 살아보면 귀하지 않은 직업은 하나도 없어요. 의사만큼 중요하죠. 그보다, 인간은 누구나 다 청소부 아닌가요?"

지금까지 누구한테도 들어보지 못했던 말을 봐요 씨가 하고 있었다.

"근데 전, 철없던 때 부모님 직업을 부끄러워했어요."

"철없던 때잖아요."

괜찮던 날씨가 갑자기 추워졌다. 몸을 말랑하게 녹여줄 따끈한 음식이 먹고 싶어졌다. 마침 앞에 어묵을 파는 포장마차가 있었다.

"어묵 먹고 갈래요?"

봐요 씨가 먼저 물었다. 마음이 맞은 순간이었다.

우리는 포장마차로 들어가 둥근 테이블에 마주 보고 앉았다. 음식을 먹지 않았는데도 안의 열기 때문에 벌써 몸이 녹아서 말랑해졌다. 나와 봐요 씨는 메뉴판을 들여다보며 이것저것 주문했다.

"이건 제가 살게요."

내가 말했다. 그러자 봐요 씨가 대꾸했다.

"더 시킬걸."

"먹고 부족하면 더 시켜요."

"그럼, 오늘 한해 씨 지갑 좀 탈탈 털어볼까요."

봐요 씨는 작정한 듯 소매를 걷어붙이고 나무젓가락을 쪼개어 놔주었다. 나는 컵에 물을 따라 건넸다.

주문한 음식은 금방 나왔다. 나는 먹고 싶었던 어묵 국물부터 천천히 들이켰다. 따끈한 국물이 들어가자 몸은 더 말랑해졌고, 마음은 편안해졌다. 바깥에서는 바람이 부는지 방수천이 자주 들썩였다. 포장마차 안의 열기와 따끈한 음식 때문에 봐요 씨와 나의 얼굴은 취한 것처럼 발그레했다. 봐요 씨가 노곤해진 눈을 하고 물었다.

"한해 씨는 어쩌다 우산을 만들게 됐어요?"

봐요 씨는 한 사람의 인생에서 무언가의 시작에 대해

듣는 걸 좋아한다고 했다. 그 시작에서 자석 같은 끌림이나 운명을 발견했을 때 야속하고 무정해 보이는 삶도 받아들이게 된다면서. 나는 어묵 국물을 마시고 우산의 시작에 대해 말했고, 봐요 씨는 손바닥으로 턱을 받치고 고개를 끄덕여가며 내 얘기를 흥미진진하게 들어주었다. 봐요 씨는 자기가 좋아하는 이야기를 들을 때 표정이 저렇구나. 눈동자는 반짝이고 입술은 붉어지는구나. 미간은 정직하게 좁혀지고 눈썹은 헤아리듯 꿈틀거리는구나. 나의 시작에서 봐요 씨는 자석 같은 끌림이나 운명을 발견했을까. 봐요 씨가 고개를 반대쪽으로 기울이며 덧붙였다.

"그 시작이 내가 한해 씨를 만나는 시간으로까지 이어진 게 아닐까."

반짝이던 봐요 씨 눈동자가 갑자기 축축해진 건 그 시간 속에 언니가 있기 때문일 것이다. 봐요 씨는 분위기가 가라앉을까 봐 일부러 어묵 국물을 소리 내어 들이켰다.

"한해 씨는 우산에 대해 특별히 기억하는 추억이 있어요? 우산공예가라 많을 것 같은데."

우산과 일체가 되어버린 삶에는 아무리 특별한 사건이 일어나도 일상적 기억으로 머물기 마련이다. 특별하게 남은 기억이라면 오히려 공예가가 되기 전에 있었다.

"초등학교 3학년 때였어요."

봐요 씨는 또다시 턱을 손바닥으로 받치고 내 얘기를 경청했다.

"장마철이라 한 달 내내 비가 내렸어요. 아이들은 형형색색의 우산을 쓰고 등교했죠. 쓰고 온 우산은 교실 뒤쪽에 마련해둔 커다란 통에 꽂아서 보관했고요. 한데 모인 우산은 모두 제각각이었어요. 그런데 어느 날부터 우리 반에 이상한 일이 벌어지기 시작했어요."

봐요 씨의 눈이 호기심으로 커다래졌다.

"우산을 잃어버린 아이가 하루에 한 명꼴로 생기는 거예요. 장마철에 우산을 잃어버리는 건 신발이 없어진 거나 마찬가지잖아요."

"무서웠겠는데요."

"다음이 자기 차례가 될까 봐 무서워하고 긴장도 했죠. 그런데 도둑맞은 우산에는 공통점이 있었어요."

"뭔데요?"

"모두 살대가 꺾여 있거나 귀가 찢어진 우산이었어요."

"하자 있는 우산이라 도둑맞아도 크게 개의치 않을 거라고 생각했을까요?"

"하지만 정작 우산을 도둑맞은 아이들은 그렇지 않았어요. 귀가 찢어지고 살대가 꺾였어도 그 애들에겐 필요한 우산이었으니까요. 비를 맞으면서 집에 가야 하잖아요."

"결국 도둑은 잡혔어요?"

"아니요, 장마가 끝나자 우산을 쓰고 등교할 일도 없어 져서 모두 금방 잊어버렸어요. 나중에야 이런 생각이 들었 어요. 왠지 우산을 훔쳐 간 사람의 마음을 알 것 같다는."

"어떤 마음인데요?"

"찢어진 우산이라도 필요한 마음……. 그래서 전 장마가 계속되길 바랐어요."

"왜요?"

"이상하게 우산 도둑이 좋았거든요. 범인이 누굴까 궁 금하기도 했고요. 잡고 싶어서가 아니라 누군지 알고 싶 어서, 내 우산을 일부러 망가뜨려서 꽂아뒀어요. 그러고는 숨어서 기다렸어요. 어두워질 때까지요."

"드디어 만났어요?"

봐요 씨가 자세를 고쳐 앉았다.

"아니요, 사흘이나 기다렸는데 안 나타나더라고요. 비도 더 오지 않았고요. 근데 괜히 서운했어요. 내 우산을 가져 가지 않은 것도, 장마가 끝나서 우산 도둑이 도둑질을 멈 춘 것도요."

"그건 한해 씨가 우산 도둑을 이해했다는 뜻이 아닐까 요?"

나는 고개를 끄덕였다.

"이봐요 씨도 있어요? 우산에 대한 추억이."

나는 괜한 질문을 한 것 같아 후회했지만 봐요 씨는 곧바로 이야기했다.

"저도 초등학생 때였어요. 동해가 앞마당처럼 펼쳐진 외갓집에서 언니랑 일주일 동안 실컷 놀고 기차로 돌아온 날이었어요. 외할머니가 바리바리 싸주신 음식을 양손 가득 들고 아파트 단지로 들어서는데 길고양이와 마주쳤어요."

나는 젓가락을 가만히 내려놓았다.

"우리 둘은 고양이를 보자마자 동시에 소리를 질렀어요."

"왜, 왜요?"

나는 놀란 표정으로 물었다.

"얼마나 오랫동안 굶었는지 뼈만 앙상하게 남아 있었거든요. 소리를 크게 질렀는데도 녀석은 우리를 피할 기운조차 없어 보이더니 결국 조금 걷다 바닥에 픽, 주저앉고 말았어요. 누가 먼저랄 것도 없이 언니와 나는 그 자리에서 보자기를 풀고 음식을 꺼냈어요. 녀석은 우리가 주는 걸 허겁지겁 먹어 치웠어요."

봐요 씨는 물을 한 모금 들이켠 뒤 말을 이었다.

"그 후로도 녀석은 단지를 떠나지 않았어요. 우리는 용돈을 털어 고양이 사료를 사서 매일 녀석의 밥을 챙겨줬어요. 녀석은 금방 살이 오르고 몰라보게 건강해졌어요."

"다행이네요."

"그러던 어느 날, 장마가 시작되고 비가 억수같이 쏟아졌어요. 우리는 녀석이 걱정돼서 밤에 우산을 쓰고 나가봤어요. 녀석은 비를 쫄딱 맞은 채 놀이터 모래밭에 우두커니 앉아 있었어요. 그때도 우리는 누가 먼저랄 것도 없이 우산 두 개를 나란히 겹치고 손잡이를 바닥에 고정해서 집을 만들어줬어요."

방금 산 우산을 길고양이한테 선뜻 내주던 마음은 바로 그날에서 비롯된 것이었다. 그 마음은 언니의 것이기도 하겠지만 봐요 씨의 것이기도 했다.

"녀석은 우산을 제집으로 삼고 한동안 잘 지냈어요. 하지만 날씨가 점점 추워지고 갈수록 바람도 매서워져서 언제까지 우산 밑에서 지내게 할 수는 없었어요."

봐요 씨가 물을 또 한 모금 마셨다.

"우리는 부모님 몰래 외갓집에 도움을 청했어요. 몹시 어렵게 얘기를 꺼냈는데, 외할머니는 흔쾌히 녀석을 맡아주겠다고 했어요. 여기는 바닷가라 녀석이 좋아할 만한 물고기도 많다면서 얼른 데려오라고요."

봐요 씨 표정이 조금 어두워졌다.

"녀석을 외할머니 댁에 데려다주기로 약속한 날을 이틀

앞두고, 녀석이 그만 차에 치이고 말았어요."

안타까움에 나도 모르게 주먹이 쥐어졌다.

"우리는 녀석을 강이 보이는 곳에 묻고 비 맞지 말라고 무덤에 우산을 씌워줬어요."

결국은 또 슬픈 이야기였다.

"죽고 사는 게, 삶이니까요."

봐요 씨가 고즈넉한 목소리로 말했다.

"사는 게 쉬울까요, 죽는 게 쉬울까요?"

냅킨으로 테이블에 흘린 어묵 국물을 닦으며 물었다.

"죽으려면 한 가지만 하면 되는데 살려면 해야 할 일이 많으니까, 사는 게 더 어렵지 않을까요. 매일 밥 챙겨 먹어야 하지, 예쁜 신발 사 신으려면 일도 해야 하지, 잘 살려면 생각하고 고민도 해야 하지, 연애도 해야 하지."

"연애요?"

"네, 연애."

"그건 안 해도 살아져요."

나는 조금 단호한 어조로 말했다. 그러자 봐요 씨가 고개를 갸웃거렸다.

"정말 그럴까요? 살아갈 수 있긴 하겠지만 삭막할 거예요. 아마 세상이 회색빛으로 보일걸요."

"이봐요 씨는 지금 세상이 회색빛으로 보여요?"

"현재 연애 중인지 떠보려는 거 다 알아요."

"아니거든요!"

나는 민망함을 감추려고 냅킨으로 얼른 입을 닦았다.

"얼마 전까진 회색빛이었는데, 누가 핑크빛으로 조금씩 색칠해주고 있어요."

봐요 씨는 보일 듯 말 듯한 미소를 지었다.

"만약 결혼했는데 시누이가 못되게 시누이 노릇 하면 어떨 것 같아요?"

"왜요? 누님이 저 싫대요? 저 벌써 찍힌 거예요?"

봐요 씨가 걱정스러운 표정으로 물었다.

"아니, 그게 아니라, 여자들한테 시댁이란 세계는 뭘까 궁금해서요."

"남자들한테 처가댁이란 세계와 같은 거 아닐까요. 무슨 무슨 노릇을 하기 전에 서로 기본적인 예의를 지키면 문제 생길 일은 적을 거예요."

"변하지 않는 이성 관계란 게 가능할까요?"

"어떻게 안 변해요. 안 변하면 환상이지."

"그럼 변했을 때는 어떻게 해야 할까요?"

봐요 씨는 잠깐 고민했다.

"받아들여서 맞추거나, 도저히 안 되면 떠나야죠."

누나도 결국 두 가지 중 하나를 선택한 것이다. 나는 테이블에 두 팔을 모으고 봐요 씨 얼굴을 빤히 들여다봤다.

"진짜 이봐요 씨 모습은 어떤 거예요?"

봐요 씨도 나를 빤히 쳐다봤다.

"오늘은 토요일이니까 제가 지금 만나고 있는 사람은 언니예요? 진짜 이봐요 씨를 만나려면 평일에 봐야 해요?"

"궁금해요? 보고 싶어요? 알고 싶어요?"

봐요 씨가 내 눈을 똑바로 바라보며 물었지만 대답하지 않았다. 그러자 이어서 말했다.

"그럼 평일에도 만나고 주말에도 만나면 되겠네요. 어떻게 다른지 확인해보는 것도 재밌을 것 같지 않아요?"

봐요 씨가 흐흐흐, 하고 음침하게 웃으며 어묵 국물을 떠먹었다. 왜 자꾸 저 웃음소리가 귀엽게 들릴까.

영업 제한 시간이 돼서 포장마차를 나왔다. 거리는 어느새 한산해졌고, 하나둘 꺼지는 불빛에 도시는 다시 죽어가고 있었다. 띄엄띄엄 켜진 가로등을 따라 차가 주차된 곳까지 걷는 동안 우리는 밝아졌다 어두워졌다를 반복했다. 우리가 나누는 이야기도 덩달아 밝아졌다 어두워졌다 하는 것 같았다. 가로등이 켜진 구간에서 꺼진 구간으로 향하고 있을 때, 우리의 휴대폰이 동시에 울렸다. 긴급재난 문자였다. 봐요 씨도 나도 얼어붙은 듯 걸음을 멈췄다. 휴대폰 불빛이 어두운 우리의 얼굴을 얼룩덜룩 비춰서 기괴하게 일그러져 보였다. 이십 분 전, 교각 붕괴 사고로 서울로 가던 호남선 KTX가 강으로 추락했다고 했다. 열차는 총 열여덟 량짜리였다. 앞쪽 아홉 량은 교각 위에 멈춰 섰고, 나머지 아홉 량은 무너진 교각의 일부분과 함께 강으로 추락했다는 글자가 작은 휴대폰 화면을 가득 채웠다. 나는 얼른 인터넷에 사고 관련 뉴스를 검색했다. 두 달 전부터 안전성 문제가 제기됐던 교각이었는데 기어코 사고가 났다며, 상향 조정된 사회적 거리두기로 창가 좌석 표만 발매해서 탑승객 수가 평소의 절반이었다는 것이 그나마 다행이라고 기사는 전하고 있었다. 하지만 중요한 건 사고가 났다는 사실이다. 또다시 무고한 희생자가 생기고 말았다는 것이다.

"무한 반복이에요."

봐요 씨가 굳은 얼굴로 중얼거렸다.

그 뒤에 벌어질 일들도 마찬가지일 것이다. 이번에도 반성과 처벌은 없을 것이고, 진상규명은 제대로 이루어지지 않을 것이다. 책임지는 사람도 없어서 앞으로도 이런 사회적 참사는 무한히 반복해서 일어날 것이다. 바뀌거나 달라지지 않는다면, 이 부끄러운 시대를 어떻게든 끝내지 않는다면 우리는 참사로부터 사랑하는 사람을 반복해서 잃을 것이다. 봐요 씨는 휴대폰을 쥔 손을 힘없이 떨구고 깜깜한 허공을 올려다봤다. 아마 사람을 구하러 달려가는 커다란 기계를 생각하고 있을 것이다. 내가 구명 도구가 되어줄 우산을 생각하고 있는 것처럼.

우산

바이러스 시대는 아버지에게 편한 시대다. 너나없이 마스크로 얼굴을 가려야 하는 시대라 아버지는 그 속에서 튀지 않는다. 마스크로 바이러스를 차단할 뿐만 아니라 덤으로 부끄러움도 마음껏 감출 수 있다. 눈까지 완벽하게 가리면 용기가 더 생길 거라며 누나는 아버지에게 선글라스를 권했다. 아버지는 그래 볼까, 하며 어느 날부터 선글라스를 쓰고 출근했다. 우리는 좀 더 근사하고 아버지한테 잘 어울리는 새 선글라스를 선물해주기로 했다.

아버지는 하얀 마스크와 까만 선글라스 뒤에서 웃고 싶을 때 환하게 웃었다. 기분이 언짢을 때는 마음 놓고 눈살을 찌푸렸다. 누구의 눈치도 보지 않고 자유롭게 짓고 싶은 표정을 지었다. 가림막 뒤에서 아버지는 소설 『지킬 박사와 하이드』처럼 완전히 딴사람이 되어 보기도 했다. 상사가 잔소리를 하면 입술을 비틀어 올리거나 혀를 쑥 내밀어 메롱을 했다. 어딘가를 보고 싶을 때는 뚫어져라 쳐다봤고, 누군가가 맘에 안 들면 매섭게 째려봤다. 자신한테 터무니없는 말을 건네는 사람 앞에서 쳇, 이라고도 해봤다. 그것은 '방해하지 마' 같은 것이었다. 실제로 아버지는 입을 크게 벌리고 소리 없이 "방해하지 마!"를 중얼거리기도 했다.

부끄러움을 감추기에 마스크와 선글라스만 한 건 없었다. 그 덕에 누구도 자유롭지 않은 바이러스 시대에 아버지만 자유로워 보였다. 아버지는 그 자유를 아버지만의 방식으로 즐기고 누렸다. 물론 바이러스로 고통받는 지구촌 사람들에게 미안해했지만, 부끄러움 없는 바이러스 시대가 편하고 좋아서 오래갔으면 좋겠다고 속으로 바라는 듯했다. 아버지는 이 시대가 끝나면 서운한 마음에 기분이 울적해질 것 같다고 고백했다. 그렇다고 지금처럼 살 수 있는 방법이 없는 건 아니었다. 아버지는 바이러스 시대가 끝나더라도 마스크와 선글라스를 쓰며 혼자 그 시대를 계속 살아갈 생각이었다.

마스크와 선글라스를 쓴 아버지는 유령이나 다름없어

서, 고객의 눈에 띈다 해도 평생 지켜온 신념이 무너지는 건 아니었다. 그런데도 아버지는 이 시대에도 자신의 존재를 한 번도 들키지 않고 일을 해내고 있다. 나는 가끔 아버지의 몸이 호텔 고객에게 노출되면 자동으로 투명해지는 물질이 되어버린 게 아닐까 생각했다.

아버지는 1901호 손님 앞에서는 몸이 노출되어도 투명해지지 않았다. 그는 호텔 손님 중 유일하게 아버지를 유령으로 존재하지 않게 해준 사람이었다. 그것도 무려 석 달 동안이나. 돌아보면 아버지에게는 무척이나 고맙고 특별한 나날이었다. 그런데 아쉽게도 그의 투숙 기간이 끝나가고 있었다.

그가 체크아웃을 하기 이틀 전이었다. 그날, 아버지는 어머니로부터 임신 소식을 듣고 기분이 몹시 들떠 있었다. 물론 책임감에 마음이 무겁기도 했지만 기쁜 마음이 앞서서 오전 내내 콧노래를 흥얼거리며 청소를 했다. 오후가 되어도 들뜬 기분은 좀체 가라앉지 않았다. 일주일에 두 번 명목상 1901호의 청소를 맡아온 아버지는 평소보다 삼십 분 일찍 1901호로 갔다. 사실상 그날이 그의 얼굴을 보는 마지막 날이라 아쉽기도 하고 그에게 어머니의 임신 소식을 가장 먼저 전하고 싶어서이기도 했다. 1901호로 향하는 아버지의 다리는 어느 때보다 가벼워서 공중으로 붕 떠올랐다. 아버지는 1901호의 문을 조심스레 노크하고 안으로 들어갔다. 잠깐 외출했는지 그의 모습은 보이지 않았다. 방 안에는 전에도 종종 났던 나무 냄새가 더 짙고 풍부하게 감돌고 있었다. 가는 핀은 레코드판의 홈을 긁어서 주인 대신 아버지에게 음악을 대접해주었다.

아버지는 청소 도구를 내려놓고 그가 오기를 기다리며 거실을 서성댔다. 진열장 위에는 그가 아끼는 장식품들이 아기자기하게 놓여 있었다. 모두 그가 직접 나무를 깎아 만든 것들이었다. 아버지는 장식품 가까이 얼굴을 대고 눈으로 섬세한 조각을 만져 내려갔다. 진열장 옆에는 웅장한 크기의 전축이 세워져 있었다. 아버지는 사람을 삼킬 정도로 깊고 넓은 금빛 나팔관에 귀를 대고 음악 한 곡을 들었다. 방금 끝난 곡의 제목이 궁금했던 아버지는 돌아가는 레코드판을 따라 눈알을 돌리다 어지럼증을 느꼈다. 갑자기 눈앞이 캄캄해져 팔을 뻗어 벽을 짚는다는 게 그만 침실로 연결된 문을 짚고 말았다. 그런데 문이 닫혀 있지 않아서 몸이 그 문과 함께 안쪽으로 쑥 떠밀렸다. 눈을 떴을 때, 아버지는 그의 침실에 들어와 있었다. 그리고 눈앞에 펼쳐진 뜻밖의 풍경에 아버지의 온몸은 그대로 얼어붙었다.

침실 벽을 따라 장우산이 일렬로 쭉 세워져 있었고, 침대와 바닥에는 빈틈이 안 보일 정도로 우산들이 활짝 펼쳐져 있었다. 아버지는 태어나 우산이란 걸 처음 보는 사람처럼 한참을 우두커니 서 있었다. 처음 보는 건 맞았다. 그렇게 아름답고 견고한 우산은 태어나 처음이었으니까. 아버지는 매혹당한 눈빛으로 우산 쪽으로 살금살금 다가갔다. 그러고는 우산 하나에 얼굴을 바짝 대고 자세히 들여다봤다. 부드럽고 둥그렇게 흘러내리는 곡선, 구김 없이 당겨진 천, 우아한 디자인, 또박또박한 박음질, 당당하게 뻗은 꼭지, 다정한 느낌의 여밈 끈, 빗방울이 영롱하게 맺혀 있는 듯한 귀, 잡아보고 싶을 정도로 부드러운 느낌이 나는 손잡이.

아버지는 입을 벌린 채 침대 끝에 놓인 우산을 유리 다루듯 조심스럽게 집어 들고 방에 비가 내린다고 상상했다. 그러자 전축 나팔관에서 빗소리가 흘러나오고 우산 능선을 타고 빗방울이 또르르 흘러내렸다. 이런 우산이 옆에 있다면 비 오는 날에 든든한 우군이 되어줄 것 같았다. 힘들 때 손잡이를 꽉 잡으면 견딜 수도 있을 것 같았다. 우산처럼 아름답고 우아하고 튼튼한 방식으로. 아버지는 우산 손잡이를 움켜잡고 빗길을 거닐었다. 고개를 들어서는 우산 천장으로 떨어지는 빗방울 그림자를 바라봤다. 우산 귀에 보석처럼 맺혀 있다가 떨어지는 빗방울도 손바닥에 가득 차도록 받아냈다. 그때였다. 다 돌아간 레코드판이 멈추고 그가 방문을 열고 침실로 들어왔다. 깜짝 놀란 아버지는 허둥대다 들고 있던 우산으로 재빨리 몸을 가렸다. 그의 방이란 걸 깜빡 잊은 유령의 반사적인 행동이었다.

"내가 좀 늦었지요."

그의 목소리와 붉은 우산에 비친 그의 그림자를 보고서야 아버지가 정신을 차렸다. 아버지는 우산을 얼른 제자리에 내려놓고 부끄러운 표정을 지었다. 그는 괜찮다는 뜻으로 손을 들어 보이고 레코드판에 핀을 살며시 올려놓았다. 다시 흘러나오는 첼로 곡을 들으며 그가 커피포트에 물을 끓였다.

아버지는 카펫에 놓인 커피잔을 집어 들었다. 해가 져서 호텔 창문은 점점 어두워지고 있었다. 커피 향이 방 안 가득 퍼지며 음악과 어우러졌다.

"저 우산들은……."

"내 우산이에요, 내가 만든."

아버지는 깜짝 놀랐다. 우산을 사람이 만든다는 것에 놀랐고, 저 아름다운 우산들을 그가 만들었다는 사실에 더 놀랐다. 그는 건축가도 마술사도 고고학자도 아니었다. 나무 상자 안에 든 건 마술 도구도 미라도 아닌 우산과 우산을 만드는 데 쓰는 도구와 부품 들이었다. 그는 벨기에에서 우산공예가로 성공한 이야기를 낮은 목소리로 들려주었다. 행복해 보이는 그의 얼굴에 쓸쓸함이 언뜻언뜻 스쳤다. 그의 육십 년 인생을 따라 펼쳐진 희노애락에 호텔의 가을밤조차 숙연해졌다.

"근데 왜 우산이었어요……?"

아버지가 그의 굽어진 손가락 뼈마디를 보며 물었다.

"우산은 시대가 아무리 좋아져도 지금 이 형태일 테니까요. 이 모습이 우산의 최선이라고 생각해요."

아버지에게는 그 말이 사라지지 않는다는 말로 들렸다. 유령처럼 사라져야 하는 아버지한테는 더없이 귀중한 말이었다.

"멋진 일…… 같아요."

아버지는 그의 우산에 한 번 더 매혹당했다. 누구라도 그랬을 것이다.

"맞아요, 멋져요. 멋져서 아버지의 끔찍한 폭력도 견딜 수 있었고, 사는 게 부끄럽지 않았어요. 마음이 평온해지고 나쁜 생각도 사라졌어요. 물론 우산을 만들 때도 견디고 버텨야 하는 순간이 있지만, 그 안에는 복잡한 생각을 멈추게 해주는 편안함도 있어요."

그는 한국으로 돌아온 이유도 들려주었다.

"나이가 드니 뿌리를 찾게 되더라고요. 어쩔 수 없는, 근원을 향한 끌림이었달까요."

그는 결혼도 하지 않고 자식도 없다 보니 한국이 더욱 그리워졌다고 했다. 한국에서 우산공예의 명맥을 이어가는 게 순리처럼 여겨졌다고. 그의 최종 꿈은 우산 박물관을 세우는 거라고 했다. 아버지는 그때 어머니의 뱃속 아이를 떠올렸다. 자식 중 누구라도 우산을 만든다면 그처럼 견디고 버텨서 부끄럽지 않은 삶을 살고, 그 안에서 편해질 거라는 생각이 들었다.

"선생님, 제가 아빠가…… 돼요."

"오, 그래요? 와우, 정말 축하드려요. 부모가 된다는 건 멋진 일이에요."

진심 어린 축하를 받자 아버지는 좋으면서도 쑥스러워졌다.

"그래서 말인데요, 선생님……."

아버지가 주저하자 그는 어서 말해보라는 듯 아버지 쪽으로 상체를 기울였다. 아버지는 그보다 더 낮게 상체를 숙이며 말했다.

"아이가 자라…… 관심을 보이면…… 받아주시겠어요?"

그는 움직임을 멈춘 채 눈동자만 굴려 아버지를 쳐다봤

다. 대답을 기다리는 동안 아버지의 심장은 터질 듯 두근 거렸다.

"얼마든지요. 둘째도, 셋째도."

오늘 나온 따끈한 거라며 그가 매장 주소와 연락처가 적 힌 명함을 아버지에게 건넸다. 아버지는 명함을 움켜쥔 손 으로 못이 박인 그의 거친 손을 덥석 붙잡았다.

시간이 벌써 아홉 시를 넘어가고 있었다. 아버지는 커 피를 다 마시고 청소 도구를 챙겨서 일어났다. 그는 그동 안 자기 이야기를 들어줘서 고마웠다며 아버지에게 우산 두 자루를 선물했다. 그가 만든 것 중 특별히 아끼는 우산 이었다. 우산을 받아들며 아버지는 자신이 비 오는 날마다 세상에서 가장 행복한 사람이 될 거라고 말했다. 그러자 그는 아버지의 어깨에 손을 얹고 두드려주었다. 우산을 품 에 안고 객실을 나온 아버지는 펄쩍펄쩍 뛰다 복도를 천 천히 걸으며 머릿속으로 그와 함께 써내려간 석 달의 이 야기책을 한 장 한 장 넘겨봤다. 태어나 처음이었다. 다른 사람의 얘기를 이렇게 많이 들어본 것도, 자신의 얘기를 이토록 많이 해본 것도.

아버지는 그가 선물한 우산을 아직도 간직하고 있다. 누 나와 나는 어릴 때 아버지와 함께 스승님의 가게에 자주 놀러 갔다. 스승님의 우산 가게에 있을 때 아버지는 편하고 부끄러움이 전혀 없는 사람처럼 보였다. 우산 만드는 사람이 되고 싶어 하는 것도 같았다. 그런 아버지를 보자 나도 점점 우산이 좋아지기 시작했다. 아버지는 돌아오는 길에 항상 스승님이 살아온 이야기를 한 토막씩 들려주었다. 스승님의 삶을 말할 때도 석양빛에 물든 아버지의 얼굴에는 부끄러움이 없었다. 그래서 나는 아버지가 스승님 이야기를 해주는 걸 좋아했고, 듣고 나서는 그들의 견딤과 버팀에서 이어져 나온 것들이 어디까지 닿을지 상상해보곤 했다.

이브

티브이를 틀면 쏟아지는 열차 참사 뉴스는 누구나 예상 가능한 패턴으로 흘러갔다. 조금도 달라진 게 없다는 것만 확인시켜주는 보도들이었다. 뉴스 첫 화면에는 늘 처참하게 끊긴 교각과 강에 처박힌 열차 아홉 량의 모습이 나왔다. 똑같은 장면들뿐이었고 그조차 반복해 보여줘서 금방 익숙해졌지만 끔찍함은 볼 때마다 다른 형태로 찾아와 눈동자에 덧입혀졌다. 희생자 수습 상황과 함께 전해오는 가족을 잃은 사연들은 보는 이의 가슴을 끝 간 데 없이 찔러댔다. 결혼한 지 십 년 만에 얻은 의대생 외동딸, 결혼식을 보름 앞둔 예비 아빠, 대기업에 취직해 부푼 마음을 안고 상경 중이었던 스물일곱 청년, 당일까지도 장남 내외의 집

205

들이 초대가 믿기지 않았던 노부부, 앞 차를 놓친 것이 비극이 되어버린 일가족, 9번 칸에는 여동생이, 10번 칸에는 오빠가 타서 갈라지고 만 남매의 운명, 치매 노모를 돌보느라 결혼을 미뤘던 막내딸. 점점 차오르는 물을 보며 그들은 자신들에게 허락된 시간도 가망도 더는 없음을 깨닫고, 이것이 생의 마지막 순간임을 순순히 받아들여 휴대폰을 통해 사랑하는 사람과 작별인사를 나눴다. 죽음을 앞둔 몇 초의 시간에 누군가는 웃음으로 누군가는 눈물로 누군가는 차분한 표정으로, 사랑한다고. 그렇게 그들은 짧은 인사를 전하고 차디찬 강물로 가라앉았다. 휴대폰에 생생하게 남겨진 마지막 작별의 말과 글과 영상은 산 자들을 고통에 몸부림치게 했다.

그럼에도 우리를 벌써부터 무력하게 만드는 건 힘을 가진 자들이 참사의 진실을 은폐하는 데 급급할 거란 사실이었다. 힘없는 유족들이 진상규명과 책임자 처벌을 위해 할 수 있는 행동은 강물처럼 차디찬 거리로 나서는 것뿐일 것이다. 우리는 언제쯤 무고한 희생자들에게 부끄럽지 않은 시대를 보여줄 수 있을까.

12월로 들어서자 그들의 아픔만큼 날씨도 급격하게 추워졌다. 평년보다 일찍 찾아온, 고통과 한이 서린 한파였다. 그 한파가 빚어낸 수많은 눈송이는 슬프게도 아름다웠고, 몸에 닿으면 소스라치게 시렸다. 초순에 내린 첫눈을 시작으로 폭설이 멈추지 않아서 바닥에 쌓인 눈은 녹을 새가 없었다. 이렇게 쉼 없이 내리다가 어느 날 갑자기 세상이 한꺼번에 무너지는 게 아닐까, 눈 지진에 분명히 서 있던 것들이 주저앉는 게 아닐까 걱정될 정도였다. 아버지는 자신이 어렸을 때 겨울이 꼭 이랬다고 말했다. 몹시 춥고 눈이 많이 내려서 동네 아이들은 매일 걱정 없이 눈싸움을 하거나 눈썰매를 타고 놀았다고.

"아버지는요?"

내가 물었다.

아버지는 창밖으로 구경만 하다 밤에 몰래 나가 혼자 눈사람을 만들고 썰매를 탔다고 했다.

"외롭지 않았어?"

누나가 물었다.

아버지는 고개를 저으며 눈 덮인 하얀 세상이 온통 자기 차지가 된 것 같아 오히려 좋았다고 대답했다. 특히 모두가 잠든 밤에 내린 눈으로 눈사람 만드는 걸 좋아했는데, 그 눈사람을 사람이라고 생각하면 조금도 외롭지 않았다고 했다.

"분명 다음 날 어떤 못된 인간이 눈사람을 부숴났을 텐데?"

누나의 냉소적인 말에 아버지는 지그시 웃으며 고개를 끄덕였다. 하지만 아쉽거나 속상하지는 않았단다. 익숙해지니 감정도 무뎌지더라고. 부끄러움 많은 아버지에게 그런 일들은 일상이었다. 나는 아버지가 어린 나이에 이미 알아버린 거라고 생각했다. 파괴는 인간의 본성이고, 무언가가 있다가 사라지는 건 세상의 이치라는 것을.

12월 한 달 동안 누나와 나는 폭설이 내리는 밤마다 아버지를 잡아끌어 밖으로 나갔다. 밖에는 아무도 없어서 눈 덮인 하얀 세상은 온통 우리 차지가 되었다. 처음에는 주저하던 아버지도 점점 적극적으로, 부끄러움 없이 눈밭을 거닐고 뒹굴었다. 나중에는 눈 오는 밤이면 아버지가 먼저 나가자고 우리의 방문을 노크했다. 우리가 나가서 하는 일은 항상 똑같았다. 눈을 뭉쳐서 눈싸움을 하고 에어 캡을 넣은 비닐 포대를 타고 비탈길을 내려갔다. 매번 똑같은데도 매일 다른 놀이를 하는 것처럼 싫증 나지 않고 재밌었다. 그 시절 아버지는 밤에도 혼자였지만, 지금은 혼자가 아니라서 우리보다 더 아이 같은 모습으로 놀았다.

다 놀고 나면 우리는 꼭 눈사람을 만들었다. 각자 하나씩 만들기도 했고, 셋이 힘을 모아 커다란 눈사람 하나를 만들기도 했다. 다 만든 눈사람은 이스터섬의 모아이 석상처럼 아파트 단지 뒤편에 일렬로 세워놓았다. 다음 날 일어나 보면 눈사람은 어김없이 부서져 있었다. 하지만 우리는 아랑곳하지 않고 밤마다 계속 만들었다. 어떤 날은 누군가가 눈사람을 향해 발길질하는 장면을 직접 목격하기도 했다. 그들에게 눈사람은 눈덩이일 뿐 사람이 아니었다. 그러나 우리는 아쉬워하거나 속상해하지 않았다. 부서진 눈사람이든 온전한 눈사람이든 결국 녹고 허물어져 형체 없는 눈으로 돌아갈 것이기에. 종국에는 물기조차 남지 않게 될 것이기에.

폭설은 크리스마스이브에 절정을 이루었다. 덕분에 우산을 사러 가게를 찾는 손님이 평소보다 서너 배나 많았다. 손님들은 주로 크리스마스 선물로 우산을 사 갔다. 정신없이 바빠서 누나와 나는 작업실에 앉아 있을 시간도, 내리는 눈을 바라볼 여유도 없었다. 오늘 같은 날 빠질 수 없다는 듯, 봐요 씨도 늦은 시간에 가게를 방문해 우산을 다섯 자루나 샀다. 나한테 하고 싶은 말이 있어서 타이밍을 엿보다 본의 아니게 그만큼이나 산 눈치였다. 그러나 바쁘고 어수선한 분위기 때문에 나는 봐요 씨한테 인사도 제대로 못 하고 밤 열 시에 가게 문을 닫아야 했다. 나와 누나는 집으로 가는 자동차 안에서 겨우 이브의 눈을 지켜볼 수 있었다.

집에 도착하자 아버지가 정성껏 준비한 저녁상이 거실

에 차려져 있었다. 상 가운데에 크리스마스 파티를 위한 케이크도 놓여 있었다. 어머니가 돌아가신 후 이브에 다 같이 모여 밥을 먹는 건 처음이다. 크리스마스이브가 아버지와 어머니의 결혼기념일이라서 매년 우리 가족은 겸사 겸사 이브에 함께 식사를 했다. 그러나 어머니가 돌아가시고 누나마저 결혼해 집을 떠나자 이브는 가족이 모이는 날이 아니라 혼자 조용히 보내는 날이 되어버렸다. 아버지는 집에서 혼자 술을 마셨고, 나는 작업실에서 혼자 우산을 만들었다. 날씨가 쌀쌀하지 않거나 눈이 내리지 않으면 이브인 줄도 몰랐다. 다행히 그동안 눈 없는 크리스마스가 이어져서 언제나 평일처럼 조용히 지나갔다. 그런데 올해는 모이지 않으면 안 될 것처럼 요란하게 눈이 쏟아졌다. 덕분에 나는 지금 결혼기념일을 잃어버린 두 사람과 마주 보고 앉아 있다. 타의로 잃은 아버지는 쓸쓸해 보였고, 자의로 잃은 누나는 허전해 보였다.

그러나 식사가 시작되자 그런 모습들은 싹 사라졌다. 누나와 나는 저녁을 거른 상태라 허겁지겁 밥을 먹었다. 아버지는 자신이 만든 음식을 맛있게 먹어주는 우리를 흐뭇한 눈으로 바라보며 밥은 안 먹고 갈비찜을 안주 삼아 맥주만 홀짝였다. 베란다 창으로 보이는 눈송이는 하얀 가로등 불빛 속에서 반짝이며 나긋나긋 흩날렸다.

"크리스마스이브에 눈이 이렇게 많이 오는 건 진짜 오랜만이지 않아?"

누나가 갈비찜을 양손으로 잡고 뜯어 먹으며 말했다. 입술이 번들거렸다.

"십 년도…… 더 됐을걸."

아버지가 맥주를 다 비우자 누나가 잔을 채워주었다. 잔 위로 차오르는 맥주 거품이 꼭 시린 눈밭 같았다.

"아버지 은퇴하면 우리 해외여행 한번 가요."

내가 말했다.

"그때까지 여행 적금 부으려고요."

아버지가 좋다며 고개를 끄덕였다.

"아버지, 가고 싶은 곳 있어?"

누나가 맥주를 벌컥벌컥 들이켜며 물었다.

"난 잘 모르겠다…… 어디든 너희 가고 싶은 데로 가…… 나도 좋아."

아버지는 살면서 여행다운 여행을 해본 적이 없다. 아버지에게는 여행도 부끄러움을 무릅써야 하는 일이니까. 나는 아버지가 은퇴하고 더 이상 호텔 유령으로 살지 않아도 되면 부끄러움도 천천히 사라질 거라고 생각한다. 그래서 아버지의 은퇴를 오래전부터 기다려왔다. 아버지도 은퇴 후 자신의 삶이 어떻게 달라질지 궁금하다고 말한 적이 있다. 유령의 옷을 훌훌 벗어버리게 될지, 여전히 유령인 채로 살아갈지. 그러나 아버지가 어떻게 살든 나는 상관하지 않을 것이다. 아버지의 삶은 언제나 숭고했고 앞으로도 그러할 테니까. 딱 하나 간섭하고 싶은 건 있다. 아버지가 J 씨처럼 젊은 후임에게 인수인계를 하고 호텔을 떠나는 날, 호텔 직원 누구도 아버지를 배웅 나오지 않더라도 쓸쓸하지 않게 누나와 내가 마중을 나갈 것이다. J 씨가 아버지의 미래가 되지 않도록, 그날만큼은 아버지를 유령으로 두지 않을 것이다.

"아버지는 사는 게 언제 제일 신나고 재밌었어?"

깨끗하게 살을 발라낸 돼지 뼈가 상에 수북하게 쌓였다. 누나의 질문이 간단치 않았는지 아버지의 표정이 깊어졌다. 이유는 둘 중 하나일 것이다. 없어서이거나, 많아서이거나. 아버지는 내 생각에 대한 답을 먼저 내놓았다.

"너무…… 많아서."

너무 많아서 그 후로도 맥주 한 잔을 다 비우고 다시 잔이 채워질 때까지의 시간이 필요했다. 마침내 아버지가 입술에 묻은 맥주 거품을 손등으로 닦으며 말했다.

"노라랑 한해…… 키울 때."

"애 키우는 거 힘들지 않아?"

누나가 고개를 갸웃거렸다.

"힘들어도 좋았어…… 왜냐하면 나는 결혼도 못 하고 자식도 못 가질 줄 알았으니까…… 그래서 모든 게 신기하고, 감사하고, 재밌기만 했어."

아버지는 누나와 나를 번갈아 쳐다보며 덧붙였다.

"여한이 없어…… 나는."

나는 많아서 고르기 힘들어한 아버지에게 사는 게 신나고 재밌었던 순간들을 모두 말해달라고 했다. 아버지는 내일 아침까지도 말할 기세였다. 부끄러워하는 시간이 많았던 만큼, 아버지에게는 그 시간 속에서 겪은 경험 하나하나가 모두 소중하고 특별했을 것이다. 그래서 저토록 선명하게 기억하고 있는 것이다. 아버지의 얘기를 들으며 우리는 새하얀 생크림케이크에 초를 꽂고 불을 붙였다. 아버지의 말을 우리뿐만 아니라 밖에서 내리는 눈도 들어주고 있는 것 같았다. 촛불을 끄고 우리는 아버지한테 고급 선글라스를 선물했다. 아버지는 바로 선글라스를 쓰고 새하얀 이가 보이게 웃으며 케이크를 먹었다.

케이크를 먹고 나서는 밖으로 나가 아버지의 얘기를 들어준 그 눈으로 눈사람을 만들었다. 셋이서 하나를 만들었는데, 쌓인 눈이 많아서 지금까지 만든 눈사람 중 가장 컸다. 키가 아버지만 한 단단한 눈사람이었다. 그것은 작은 거인 같았다. 눈사람이 아버지를 닮았다는 누나의 말에 뭔가 허전해 보였는지 아버지가 쓰고 나온 선글라스와 마스크를 벗어서 눈사람에게 씌워주었다. 그러자 눈사람은 진짜 아버지가 되었다.

그때, 봐요 씨한테서 문자가 왔다. 오늘 만나고 싶다는, 망설임이 느껴지지 않는 문자였다. 열두 시가 넘었으므로, 오늘은 크리스마스다. 크리스마스에 누군가를 만나는 건 오랜만이다. 고춧가루와 털 한 가닥을 각별하게 신경 써야 하는 날. 나는 언제부터였을까, 생각했다. 그래, 언제부턴가 봐요 씨가 신경 쓰이기 시작했고 그때부터 우리의 연애도 몰래 시작되고 있었다.

문자에 망설임 없는 답장을 보내고 나자 아버지의 생존 방식이었던 부끄러움의 시간이 나의 시간으로 이어져 봐요 씨에게까지 닿았다는 생각이 들었다. 유령이라서 아버지의 삶이 누구와도 닿지 않은 것처럼 보였지만, 나름대로 그 속에서도 희미한 줄을 엮어 운명을 이어갔다고. 의미 없는 삶은 세상 어디에도 없다. 비록 그 삶이 눈에 띄지 않는다 할지라도. 어떻게든 살아낸 삶은 어떻게든 또 다른 삶으로 이어진다.

나는 선글라스와 마스크를 쓴 눈사람 사진을 봐요 씨에게 보내며 나의 아버지라고 소개했다. 그러고는 하늘을 올려다봤다. 눈이 점선처럼 내리고 있었다. 저 하얀 점들을 모두 연결하면 하나의 선이 되어 어디든 이어지고 닿을 것이다. 어쩌면 저 우주까지도. 반짝거려서인지 까만 하늘에서 쏟아지는 게 눈이 아니라 별 같기도 했다. 희고 차가운 별이 입술에 닿자, 나는 입맞춤을 할 때처럼 지그시 눈을 감았다.

유령

　폭설이 멈추고 추위가 누그러지자 커다랗고 단단했던 눈사람은 천천히 녹기 시작했다. 키도 몸집도 줄어가던 눈사람이 물기조차 남지 않고 사라진 날이었다. 아버지가 돌아가셨다. 부부 아니랄까 봐 어머니처럼 호텔에서. 바이러스가 원인인 것 같다고 했다. 아버지는 전날 밤 몸살기가 있다며 일찍 잠자리에 들었고 다음 날 평소보다 삼십 분 늦게 출근했다. 고열로 급작스럽게 쓰러진 아버지를 호텔 사람 누구도 발견하지 못했다. 아버지가 눈에 보이지 않는 유령이었던 데다 격상된 거리두기로 다들 서로 더 멀리 떨어져 지내서였다. 애석하게도 지병인 고혈압과 당뇨마저 아버지의 심장에 조금의 말미도 주지 않았다.

부끄러움을 많이 탔던 아버지라 그런지 죽음도 부끄러움 타듯 조용히, 소리 없이 찾아왔다. 죽음조차 아버지다웠다고, 나는 생각했다. 죽음 이후도 아버지다웠던 건 마찬가지였다. 아버지의 평소 바람대로 장례식은 치르지 않았다. 사람으로 북적이는 장례식 또한 아버지한테는 부끄러움의 일환이어서였다. 하지만 아버지의 바람이 아니더라도 바이러스 시대라 장례식을 제대로 치를 수 없는 상황이었다. 누나는 아버지를 데려간 시대가 아버지의 마지막 의례를 돕는다고 울먹였다. 평생을 유령으로 살아왔던 아버지는 그렇게 진짜 유령이 되었다. 이제는 마스크와 선글라스마저 필요 없게 된 것이다. 두려움과 부끄러움 없는, 완전한 자유에 이른 것이다.

발인을 마치고 집으로 돌아와 아버지의 방에 한참을 앉아 있었다. 갖고 싶은 게 없어서 가진 게 없는 단출한 방이었다. 그래서 정리할 것도 많지 않았다. 많지 않으니 아버지 냄새가 사라질 때까지 좀 오래 둬도 될 것 같았다. 그러고 보니 아버지가 앉아서 지냈던 자리에 처음 앉아 보는 것 같았다. 지금 내 눈에 들어오는 것들이 아버지가 매일 보던 풍경의 전부였다고 생각하자 목울대가 출렁였다. 이 자리에서만큼은 아버지의 부끄러움이 덜했다면, 나는 그게 정말 풍경의 전부였더라도 슬프지 않을 것 같았다.

오후 네 시, 창문으로 들어온 볕이 무릎에 닿자 문득 그런 생각이 들었다. 숨을 거둔 장소가 호텔이라서 아버지는 행복했을까. 분명 행복했을 것이다. 어머니를 곧바로 만났을 테니까. 어머니가 돌아가시고, 아버지는 진짜 유령이 되고 싶어 했다. 물론 말로 하지는 않았지만 나는 아버지의 눈빛에서 그 마음을 읽을 수 있었다. 그러니까 그것은 아버지가 원했던 인생의 마지막 순간이었을 것이다. 그렇다면 아버지한테는 다행인 셈이다.

휴대폰을 꺼내 아버지와 주고받은 문자를 읽어 내려갔다. 더는 아버지로부터 올 문자가 없다는 생각에 아버지의 부재를 다시금 실감했다. 수줍어서 말하는 것조차 어렵고 힘들어했던 아버지라 우리는 수많은 대화를 글로 나눌 수밖에 없었다. 그다지 중요하지도 특별하지도 않아 보이는 말도 글로 표현되고 새겨지자 마침표 하나까지 중요하고 특별하게 느껴지던 순간들이었다. 아버지는 여기 없는데 아버지의 글만 오롯이 남아서 이제는 내게 무엇보다 소중한 것이 되었다. 우리의 대화록은 아버지의 유품인 것이다. 아버지의 심장을 괴롭혔던 부끄러움이 남겨준 것들이라고 생각하자 기분이 묘했다.

사진 한 장 같이 찍은 게 없어서 아버지가 그리울 때마다 나는 사진 대신 글을 꺼내 볼 것이다. 아버지의 마지막 문자는 "다음 주에 열어보자"였다. 아버지가 인터넷으로 누룩을 사다 빚은 막걸리를 언제쯤 맛볼 수 있느냐는 물음에 보내온 문자였다.

돌아가시기 며칠 전, 아버지는 뭔가를 예감한 사람처럼 보통 때와 다른 얼굴로 창밖을 내다봤다. 평온한 모습이었다. 밖에서는 바람에 담기지 않은 눈이 고요하게 내리고 있었다. 눈 한 송이 한 송이에 눈 맞춤을 할 수 있을 정도로 느긋하게 내려서 덩달아 내 마음도 고요해졌다. 눈송이를 잡고 싶은지 아버지가 유리창에 손을 갖다 댔다. 그리고 차분하게 내리는 눈송이들만큼이나 차분한 목소리로, 자신은 지금까지 부끄러움의 시대를 살았노라고 말했다.

처음으로 아버지가 자신의 삶에 대해 정의를 내린 순간이었다. 오래전 내가 내린 정의와 같은 것이었다. 중요한 숙제라도 끝낸 듯 아버지의 얼굴은 더 평온해져 있었다. 하지만 나는 그 말에 동의하지 않는다. 아버지의 삶은 부끄러운 게 아니었으니까. 정작 부끄러워해야 하는 건 시대니까. 아버지는 잘못한 게 없는데도 부끄러워했지만 시대는 잘못해놓고도 부끄러워할 줄 모르니까. 제대로 된 반성과 사과도 한 적이 없으니까. 그 말을 마쳤을 때 유리창을 사이에 두고 아버지의 손끝에 눈 한 송이가 내려앉았다. 그것은 이상하리만치 한참 동안 머물다 밤의 어둠 속으로 숭고하게 사라졌다.

볕이 진 창문으로 어둠이 들어오고 있었다. 그 어둠이
내가 입고 있는 양복 빛깔과 같아질 때까지 앉아 있다가
자리에서 일어났다.

아버지의 죽음은 이 말과 다르지 않다는 생각이 들었다.

방해하지 마!

아버지는 죽음으로 세상을 향해 그 말을 분명히 외쳤고,
외침과 동시에 아버지의 시대는 막을 내렸다. 아버지가 이
제는 부끄러움 없이, 들킬 염려도 없이, 누구의 방해도 없
이 편한 마음으로 호텔 청소를 하며 지냈으면 좋겠다. 어
떤 시대든 시대는 견디고 버티는 것이고, 견디고 버티는
자가 시대의 승자이다. 호텔 최고의 청소부였던 아버지는
자신의 시대를 잘 견디고 버텨냈다. 나는 그것에 대해 앞
으로도 아버지에게 고마워할 것이다. 부끄럽지 않은 내 삶
은 아버지의 그 오랜 견딤과 버팀으로부터 왔으니까.

작가의 말

방은 언제나 덥거나 춥고, 바닥은 딱딱하다.

걱정과 고민은 멈추지 않는 바람처럼 끊임없이 불어와 온몸을 흔든다.

한때는 나에게만 부는 바람이라고 생각했다.

그런데 시간을 견뎌 보니 각자 다른 배경을 가졌을 뿐 인간이라면 누구나 겪는 삶의 통증이었다.

등단 후, '소설 쓰는 인간'으로서 나의 주제는 단 하나였다.

견디고 버티기.

복잡한 삶은 단순하게도 그것의 반복을 통해 이어가고, 삶이 내놓는 결과물들은 그것으로 인해 탄생한다.

그러니 견디고 버텨줘서 고맙다고 말해줄 누군가를 떠

올리며 끝까지 이어가기를. 삶을.

그리하여 마침내 도달하기를. 꿈과 사랑에.

2024년 가을

장은진

부끄러움의 시대

초판 1쇄 인쇄일 2024년 10월 17일
초판 1쇄 발행일 2024년 10월 31일

지은이   장은진
펴낸이   정은영
편집   전유진 최찬미
디자인   홍선우
마케팅   최금순 이언영 연병선 송의정 성채영
제작   홍동근

펴낸곳   (주)자음과모음
출판등록   2001년 11월 28일 제2001-000259호
주소   10881 경기도 파주시 회동길 325-20
전화   편집부 (02)324-2347 경영지원부 (02)325-6047
팩스   편집부 (02)324-2348 경영지원부 (02)2648-1311
이메일   munhak@jamobook.com

ISBN 978-89-544-5181-9 (03810)

이 책은 서울특별시, 서울문화재단 '2024년 창작집 발간 지원 사업'의
지원을 받아 발간되었습니다.